# LES 100 PLUS BELLES
## RÉCITATIONS
## DE NOTRE ENFANCE

Pour mon ami Steeve :
un grand poète
méconnu (pour l'instant...)

Amicalement
Souvenirs
28/04/12

Patrick

# LES 100 PLUS BELLES RÉCITATIONS DE NOTRE ENFANCE

*Textes réunis et présentés par
Albine Novarino-Pothier
et Béatrice Mandopoulos*

*Omnibus*

La première édition de cet ouvrage est parue en 2003
sous le titre *Cent récitations de notre enfance* chez Omnibus.

Points remercie Ségolène Zaug pour sa participation
à l'établissement de cette édition.

ISBN 978-2-7578-2505-1
(ISBN 1ʳᵉ édition 978-2-258-06130-9)

© Omnibus, un département de Place des éditeurs, 2003
pour la sélection des textes, leur agencement, l'introduction
et les anecdotes associées à chaque texte.
© Éditions Points, 2011, pour la présente édition.

## LE GOÛT DES MOTS

UNE COLLECTION DIRIGÉE PAR PHILIPPE DELERM

Les mots nous intimident. Ils sont là, mais semblent dépasser nos pensées, nos émotions, nos sensations. Souvent, nous disons : « Je ne trouve pas les mots. » Pourtant, les mots ne seraient rien sans nous. Ils sont déçus de rencontrer notre respect, quand ils voudraient notre amitié. Pour les apprivoiser, il faut les soupeser, les regarder, apprendre leurs histoires, et puis jouer avec eux, sourire avec eux. Les approcher pour mieux les savourer, les saluer, et toujours un peu en retrait se dire je l'ai sur le bout de la langue – le goût du mot qui ne me manque déjà plus.

Ph. D.

Ce sont des mots, des mots de notre enfance qui nous reviennent doucement, lentement, comme à notre insu, à la faveur d'une émotion, d'une image, d'une musique...

*Sous le pont Mirabeau coule la Seine...*

(Apollinaire)

*La chair est triste, hélas ! et j'ai lu tous les livres...*

(Mallarmé)

*C'est un trou de verdure où chante une rivière...*

(Rimbaud)

D'autres fois, c'est le cœur du poème qui jaillit, à moins que ce ne soit sa fin :

*Vous chantiez, j'en suis fort aise : Eh bien dansez maintenant.*

(La Fontaine)

*L'œil était dans la tombe et regardait Caïn.*

(Hugo)

*Que dans une autre existence peut-être, j'ai déjà vue ! et dont je me souviens !*

(Nerval)

Ces bribes de poèmes célèbres qui furent souvent les récitations de nos enfances – la nôtre, celle de nos parents, celle de nos enfants – ont un pouvoir immédiat : celui de nous transporter dans un autre monde ; ce sont un peu nos madeleines proustiennes : un vers nous revient, un univers nous est rendu.

« *Jeanne était au pain sec...* » Ce n'est pas la suite du poème que nous revoyons, encore moins le statut du recueil

9

*L'Art d'être grand-père*, dans l'œuvre hugolienne. Ce que nous revoyons, c'est la petite fille aux cheveux jaune paille et aux trop longues jambes qu'avait dessinée notre voisin pour décorer son « cahier de poésies ».

Songe-t-on à l'hiver ? à l'hiver dans la plaine ? aussitôt jaillit un bouquet de bonheurs. C'était aux approches de Noël, le temps menaçait, on espérait la neige, le maître avait du mal à obtenir le silence, il a annulé le devoir de calcul au dernier moment et... d'une écriture ronde, parfaite d'harmonie, de pleins et de déliés, il a écrit :

*Dans l'interminable*
*Ennui de la plaine*
*La neige incertaine*
*Luit comme du sable.*

(Verlaine)

Et, pendant que la classe soudain calmée recopiait le poème, la neige silencieusement, merveilleusement se mettait à tomber.

Et les plus superstitieux comme les plus optimistes des élèves y voyaient un rapport de cause à effet, une évidence magique...

Reste que ces paillettes poétiques qui affleurent encore à nos consciences adultes nous laissent parfois sur notre faim. Qu'y avait-il avant tel vers, après tel autre ? Nous avons tous dans notre entourage un collègue, un ami, un ancien élève qui se promènent, des temps indéterminés, avec dans leur poche un morceau de papier griffonné. Ils sont à la recherche de l'être fraternel doté d'une excellente mémoire (ou d'une bibliothèque bien classée). Ils pourchassent l'élu qui, en déchiffrant :

*Dans Venise la rouge*
*Pas un bateau ne bouge*
*Pas un pêcheur dans l'eau*
*Pas un falot.*

laissera tomber, d'une voix pour le moins claironnante :
« Alfred de Musset »...

Car c'est un vrai bonheur de reconquérir un domaine que l'on croyait perdu. Et le bonifier, l'agrandir, le faire fructifier, en vertu des ancestrales valeurs de la campagne, est encore plus exaltant. C'est à cet effet que les notes brèves, qui accompagnent chacun des poèmes, apportent une information complémentaire. On ne peut parfaitement goûter « Le Pont Mirabeau » d'Apollinaire qu'en imaginant l'évanescente silhouette de l'aquarelliste Marie Laurencin, on ne comprend « L'Albatros » de Baudelaire que si on se souvient du grand et beau voyage aux îles que lui infligea le commandant Aupick, le mari de sa mère, et la « Ballade à la lune » de Musset nous apparaît dans toute son amusante insolence si l'on se souvient que nos manuels de littérature taxaient le jeune Alfred « d'enfant terrible du romantisme », facétieux et moqueur.

Enfin, quel pari prendre sur l'avenir ? Ce que nous avons aimé, petits, et qui a contribué à la construction de notre personnalité comme à l'élaboration de notre univers intime, de nos goûts profonds (et aussi de nos dégoûts et rejets) jouera-t-il le même rôle pour nos enfants, nos petits-enfants ? La réponse est variable : non si l'on considère qu'Alphonse de Lamartine, Théophile Gautier ou Alfred de Vigny n'ont plus l'audience qu'ils avaient, il y a seulement une trentaine d'années en arrière. Oui, mille fois oui, si l'on considère Apollinaire, Hugo ou La Fontaine !

Alors, soyons optimistes ! on n'aime après tout que ce que l'on connaît bien. Il faut relire ces trésors de notre enfance et de notre adolescence – qui sont ceux de la littérature française – puis les lire à d'autres qui ne les connaissant pas encore les adopteront vite comme viatiques afin qu'aux heures d'agacement, de mélancolie verlainienne, de spleen baudelairien ou de doute, la poésie vienne remplir son plein office : celui de nous aider à vivre. Ainsi, grâce aux « Chats » de Baudelaire et aux « Conquérants » d'Heredia, après avoir contemplé :

*les amoureux fervents et les savants austères*

pourrons-nous voir monter :
*Du fond de l'océan des étoiles nouvelles.*

Car c'est peut-être là qu'est l'essence même de la poésie : nous calmer, nous ressourcer, nous apporter la sérénité et ensuite nous insuffler de l'énergie…

A. N.-P. et B. M.

# Sur le chemin de l'école

MAURICE ROLLINAT

# La Biche

*Les Névroses*


La biche brame au clair de lune
Et pleure à se fondre les yeux :
Son petit faon délicieux
A disparu dans la nuit brune.

Pour raconter son infortune
À la forêt de ses aïeux,
La biche brame au clair de lune
Et pleure à se fondre les yeux.

Mais aucune réponse, aucune,
À ses longs appels anxieux !
Et, le cou tendu vers les cieux,
Folle d'amour et de rancune,
La biche brame au clair de lune.


MAURICE ROLLINAT (1846-1903)
Aux côtés de Charles Cros et d'Alphonse
Allais, Rollinat anime le groupe bohème des
« décadents » qui accueillera Verlaine, à son
retour à Paris en 1882. Tous érigent la farce
irrévérencieuse en mode de vie et d'écriture.

# La Sauterelle

*Chantefables et Chantefleurs*

Saute, saute, sauterelle,
Car c'est aujourd'hui jeudi.
Je sauterai, nous dit-elle,
Du lundi au samedi.

Saute, saute, sauterelle,
À travers tout le quartier.
Sautez donc, mademoiselle,
Puisque c'est votre métier.

ROBERT DESNOS (1900-1945)
Petit Parisien à l'imagination fertile, Robert
Desnos commence, dès l'âge de six ou sept
ans, à peindre, écrire et consigner ses rêves.

# La Fourmi

*Chantefables et Chantefleurs*

Une fourmi de dix-huit mètres
Avec un chapeau sur la tête,
Ça n'existe pas, ça n'existe pas.

Une fourmi traînant un char
Plein de pingouins et de canards,
Ça n'existe pas, ça n'existe pas.

Une fourmi parlant français,
Parlant latin et javanais,
Ça n'existe pas, ça n'existe pas
Eh ! Pourquoi pas ?

ROBERT DESNOS (1900-1945)
Avec Éluard, Soupault et Crevel, le jeune
homme participe aux expériences surréalistes
qui explorent le sommeil hypnotique et
cultivent l'invention verbale. Mais ses
principaux recueils témoignent également
d'un grand talent lyrique.

# Le Pélican

*Chantefables et Chantefleurs*

Le capitaine Jonathan,
Étant âgé de dix-huit ans
Capture un jour un pélican
Dans une île d'Extrême-Orient.

Le pélican de Jonathan,
Au matin, pond un œuf tout blanc
Et il en sort un pélican
Lui ressemblant étonnamment.

Et ce deuxième pélican
Pond, à son tour, un œuf tout blanc
D'où sort, inévitablement,
Un autre qui en fait autant.

Cela peut durer pendant très longtemps
Si l'on ne fait pas d'omelette avant.

ROBERT DESNOS (1900-1945)
Membre d'un réseau de Résistance, Desnos
est arrêté par la Gestapo puis déporté en
1944. Il meurt d'épuisement au camp
de Térézin, en Tchécoslovaquie, peu après
l'arrivée des forces alliées.

MAURICE CARÊME

# Le Chat et le Soleil

*L'Arlequin*

Le chat ouvrit les yeux,
Le soleil y entra.
Le chat ferma les yeux,
Le soleil y resta.

Voilà pourquoi, le soir,
Quand le chat se réveille,
J'aperçois dans le noir
Deux morceaux de soleil.

Maurice Carême (1899-1978)
Pour se consacrer exclusivement à l'écriture
poétique, Maurice Carême abandonna le
métier d'instituteur en Belgique en 1942.

MAURICE CARÊME

# Deux petits éléphants

*Pomme de reinette*

C'était deux petits éléphants
Deux petits éléphants tout blancs.

Lorsqu'ils mangeaient de la tomate
Ils devenaient tout écarlates.

Dégustaient-ils un peu d'oseille,
On les retrouvait vert bouteille.

Suçaient-ils une mirabelle,
Ils passaient au jaune de miel.

On leur donnait alors du lait :
Ils redevenaient d'un blanc frais.

Mais on les gava, près d'Angkor,
Pour le mariage d'un raja,

D'un grand sachet de poudre d'or.
Et ils brillèrent, ce jour-là,

D'un tel éclat que plus jamais,
Même en buvant des seaux de lait,

Ils ne redevinrent tout blancs,
Ces jolis petits éléphants.

Maurice Carême (1899-1978)
S'il doit sa réputation à la fraîcheur de ses poèmes destinés
aux enfants, Maurice Carême sut également exprimer le sens
tragique de la vie dans une poésie souvent empreinte de mystère.

# Le Corbeau
# et le Renard

*Fables*

Maître corbeau, sur un arbre perché,
Tenait en son bec un fromage.
Maître renard, par l'odeur alléché,
 Lui tint à peu près ce langage :
« Hé ! bonjour monsieur du corbeau,
Que vous êtes joli ! que vous me semblez beau !
Sans mentir, si votre ramage
Se rapporte à votre plumage,
Vous êtes le phénix des hôtes de ces bois. »
À ces mots, le corbeau ne se sent pas de joie ;
Et pour montrer sa belle voix,
Il ouvre un large bec, laisse tomber sa proie.
Le renard s'en saisit, et dit : « Mon bon monsieur,
Apprenez que tout flatteur
Vit aux dépens de celui qui l'écoute.
Cette leçon vaut bien un fromage sans doute. »
Le corbeau, honteux et confus,
Jura, mais un peu tard, qu'on ne l'y prendrait plus.

JEAN DE LA FONTAINE (1621-1695)
De mauvaises langues et des esprits
malintentionnés – Jean-Jacques Rousseau,
par exemple – ne manquèrent pas de relever
des inexactitudes dans les *Fables*. Ainsi, le
corbeau ne serait guère friand de fromage…

# La Cigale et la Fourmi

*Fables*

La cigale, ayant chanté
Tout l'été,
Se trouva fort dépourvue
Quand la bise fut venue :
Pas un seul petit morceau
De mouche ou de vermisseau.
Elle alla crier famine
Chez la fourmi sa voisine,
La priant de lui prêter
Quelque grain pour subsister
Jusqu'à la saison nouvelle.
« Je vous paierai, lui dit-elle,
Avant l'août, foi d'animal,
Intérêt et principal. »
La fourmi n'est pas prêteuse :
C'est là son moindre défaut.
« Que faisiez-vous au temps chaud ?
Dit-elle à cette emprunteuse.
– Nuit et jour à tout venant
Je chantais, ne vous déplaise.
– Vous chantiez ? j'en suis fort aise :
Eh bien ! dansez maintenant. »

JEAN DE LA FONTAINE (1621-1695)
« … La Fontaine, s'il semble élever les bêtes
jusqu'à l'homme, n'oublie jamais non plus que
l'homme n'est que le premier des animaux. »
Sainte-Beuve, *Causeries du lundi*, 1853.

# Ma frégate

*Poèmes antiques et modernes*

Qu'elle était belle, ma frégate,
Lorsqu'elle voguait dans le vent !
Elle avait, au soleil levant,
Toutes les couleurs de l'agate ;
Ses voiles luisaient le matin
Comme des ballons de satin ;
Sa quille mince, longue et plate,
Portait deux bandes d'écarlate
Sur vingt-quatre canons cachés,
Ses mâts, en arrière penchés,
Paraissaient à demi couchés.
Dix fois plus vive qu'un pirate,
En cent jours du Havre à Surate
Elle nous emporta souvent.
Qu'elle était belle, ma frégate,
Lorsqu'elle voguait dans le vent !

ALFRED DE VIGNY (1797-1863)
Bâtiment de guerre à trois mâts ne portant
pas plus de soixante canons, la frégate
évoque toute une vie de grand air, d'embruns
et d'aventure. Vie en fait bien différente
de celle d'Alfred de Vigny, qui privilégia
la solitude dans sa vie et dans son œuvre.

ALFRED DE MUSSET

# Ballade à la lune

*Contes d'Espagne et d'Italie*

C'était, dans la nuit brune,
Sur le clocher jauni,
La lune
Comme un point sur un i.

Lune, quel esprit sombre
Promène au bout d'un fil,
Dans l'ombre,
Ta face et ton profil ?

Es-tu l'œil du ciel borgne ?
Quel chérubin cafard
Nous lorgne
Sous ton masque blafard ?

N'es-tu rien qu'une boule,
Qu'un grand faucheux bien gras
Qui roule
Sans pattes et sans bras ?

Es-tu, je t'en soupçonne,
Le vieux cadran de fer
Qui sonne
L'heure aux damnés d'enfer ?

Sur ton front qui voyage,
Ce soir ont-ils compté
Quel âge
À leur éternité ?

Est-ce un ver qui te ronge
Quand ton disque noirci
S'allonge
En croissant rétréci ?

Qui t'avait éborgnée,
L'autre nuit ? T'étais-tu
Cognée
À quelque arbre pointu ?

Car tu vins, pâle et morne,
Coller sur mes carreaux
Ta corne
À travers les barreaux.
[…]

ALFRED DE MUSSET (1810-1857)
Une jeunesse à la fois frivole et féconde à laquelle succèdent
les souffrances d'une passion malheureuse :
Musset sombra dans l'alcool et mourut dans une solitude
que son indépendance d'esprit avait favorisée.

# Impression fausse

*Parallèlement*

Dame souris trotte,
Noire dans le gris du soir,
Dame souris trotte
Grise dans le noir.

On sonne la cloche :
Dormez, les bons
   prisonniers,
On sonne la cloche :
Faut que vous dormiez.

Pas de mauvais rêve,
Ne pensez qu'à vos amours
Pas de mauvais rêve :
Les belles toujours !

Le grand clair de lune !
On ronfle ferme à côté.
Le grand clair de lune
En réalité !

Un nuage passe,
Il fait noir comme en un
   four.
Un nuage passe.
Tiens, le petit jour !

Dame souris trotte,
Rose dans les rayons bleus,
Dame souris trotte :
Debout, paresseux !

PAUL VERLAINE (1844-1896)
Le titre du recueil, publié en 1889, l'inscrit
officiellement entre deux autres volumes,
*Amour* (1888) et *Bonheur* (1891), tous deux
empreints de mysticisme.

MAURICE FOMBEURE

# Les Écoliers

*Pendant que vous dormez*

Sur la route couleur de sable,
En capuchon noir et pointu,
Le « moyen », le « bon », le « passable »
Vont à galoches que veux-tu
Vers leur école intarissable.

Ils ont dans leur plumier des gommes
Et des hannetons du matin,
Dans leurs poches du pain, des pommes,
Des billes, ô précieux butin
Gagné sur d'autres petits hommes.

Ils ont la ruse et la paresse
Mais l'innocence et la fraîcheur
Près d'eux les filles ont des tresses
Et des yeux bleus couleur de fleur,
Et des vraies fleurs pour la maîtresse.
Puis les voilà tous à s'asseoir.

Dans l'école crépie de lune
On les enferme jusqu'au soir,
Jusqu'à ce qu'il leur pousse plume
Pour s'envoler. Après, bonsoir !

MAURICE FOMBEURE (1906-1981)
Natif de Jardres, dans la Vienne, Fombeure
est l'auteur d'une œuvre nostalgique qui
exalte un monde rural disparu. Il s'attache
à en ressusciter les coutumes et les paysages
dans des images empreintes de poésie sereine.

CHARLES CROS

# Le Hareng saur

*Le Coffret de santal*


Il était un grand mur blanc – nu, nu, nu,
Contre le mur une échelle – haute, haute, haute,
Et, par terre, un hareng saur – sec, sec, sec.

Il vient, tenant dans ses mains – sales, sales, sales,
Un marteau lourd, un grand clou – pointu,
   pointu, pointu,
Un peloton de ficelle – gros, gros, gros.

Alors il monte à l'échelle – haute, haute, haute,
Et plante ce clou pointu – toc, toc, toc,
Tout en haut du grand mur blanc – nu, nu, nu.

Il laisse aller le marteau – qui tombe, qui tombe,
   qui tombe,
Attache au clou la ficelle – longue, longue, longue,
Et, au bout, le hareng saur – sec, sec, sec.

Il redescend de l'échelle – haute, haute, haute,
L'emporte avec le marteau – lourd, lourd, lourd,
Et puis, il s'en va ailleurs – loin, loin, loin.

Et, depuis, le hareng saur – sec, sec, sec,
Au bout de cette ficelle – longue, longue, longue,
Très lentement se balance – toujours, toujours,
    toujours.

J'ai composé cette histoire – simple, simple,
    simple,
Pour mettre en fureur les gens – graves, graves,
    graves,
Et amuser les enfants – petits, petits, petits.

CHARLES CROS (1842-1888)
Dans le groupe des « poètes maudits », comme les nomma Verlaine,
Charles Cros occupe une place à part. Esprit curieux, homme de
sciences – il inventa le phonographe en 1877 – et poète, il manie
avec bonheur la fantaisie et l'ironie verbale.

JEAN RICHEPIN

# En septembre

*La Mer*


Ciel roux. Ciel de septembre.
De la pourpre et de l'ambre
Fondus en ton brouillé.
Draperie ondulante
Où le soleil se plante
Comme un vieux clou rouillé.

Flots teintés d'améthyste.
Écumes en batiste
Aux légers falbalas.
Horizon de nuées
Vaguement remuées
En vaporeux lilas.

Falaises jaunissantes.
Des mûres dans les sentes.
Du chaume dans les champs.
Aux flaques des ornières,
En lueurs prisonnières
Le cuivre des couchants.

Aucun cri dans l'espace.
Nulle barque qui passe.
Pas d'oiseaux aux buissons
Ni de gens sur l'éteule.
Et la couleur est seule
À chanter ses chansons.

Apaisement. Silence.
La brise ne balance
Que le bruit endormant
De la mer qui chantonne.
Ciel de miel. Ciel d'automne.
Silence. Apaisement.

JEAN RICHEPIN (1849-1926)
Ni l'existence ni l'œuvre de Richepin ne furent lisses et paisibles.
Révolté, proche des exclus de toutes sortes, l'auteur de *La Chanson
des gueux* a rarement connu la douceur et la sérénité.

# RENÉ GUY CADOU

## Automne

*Les Amis d'enfance*


Odeur des pluies de mon enfance
Derniers soleils de la saison !
À sept ans comme il faisait bon
Après d'ennuyeuses vacances,
Se retrouver dans sa maison !

La vieille classe de mon père,
Pleine de guêpes écrasées,
Sentait l'encre, le bois, la craie
Et ces merveilleuses poussières
Amassées par tout un été.

Ô temps charmant des brumes douces,
Des gibiers, des longs vols d'oiseaux,
Le vent souffle sous le préau,
Mais je tiens entre paume et pouce
Une rouge pomme à couteau.

RENÉ GUY CADOU (1920-1951)
Poète naturellement inspiré, René Guy
Cadou célébra avec ferveur la nature, l'amitié,
l'amour et la mort dans des recueils aux titres
évocateurs : *Bruits du cœur* (1942), *La Vie
rêvée* (1944), *Les Biens de ce monde* (1951),
*Hélène ou le Règne végétal* (posthume, 1953).

MAURICE CARÊME

# Gare isolée

*La Lanterne magique*

On allume les lampes.
Un dernier pinson chante.
La gare est émouvante
En ce soir de septembre.

Elle reste si seule
À l'écart des maisons,
Si seule à regarder
L'étoile du berger
Qui pleure à l'horizon
Entre deux vieux tilleuls.

Parfois un voyageur
S'arrête sur le quai ;
Mais si las, si distrait,
Qu'il ne voit ni les lampes,
Ni le pinson qui chante,
Ni l'étoile qui pleure
En ce soir de septembre.

Et le « banlieue » le cueille,
Morne comme le vent
Qui disperse les feuilles
Sur la gare émouvante
Et plus seule qu'avant.

MAURICE CARÊME (1899-1978)
Les trains et les gares furent des sujets d'inspiration littéraire,
dès le tracé des premiers rails. Aux farouches opposants
de ce moyen de locomotion moderne, répondent les amoureux
du chemin de fer et des petites gares de campagne.

# Les Amis d'enfance

*Les Amis d'enfance*

Je me souviens du grand cheval
Qui promenait tête et crinière
Comme une grappe de lumière
Dans la nuit du pays natal.

Qui me dira mon chien inquiet,
Ses coups de patte dans la porte,
Lui qui prenait pour un gibier
Le tourbillon des feuilles mortes ?

Maintenant que j'habite en ville
Un paysage sans jardins
Je songe à ces anciens matins,
Tout parfumés de marguerites.

RENÉ GUY CADOU (1920-1951)
L'enfance est au cœur de l'œuvre de René
Guy Cadou qui proclamait : « La poésie n'est
rien que le grand élan qui nous transporte
vers les choses usuelles, usuelles comme le
ciel qui nous déborde. »

GEORGES FOUREST

# Petits Lapons

*La Négresse blonde*


Dans leur cahute enfumée
Bien soigneusement fermée
Les braves petits Lapons
Boivent l'huile de poisson !

Dehors on entend le vent
Pleurer ; les méchants ours blancs
Grondent en grinçant des dents
Et depuis longtemps est mort
Le pâle soleil du Nord !
Mais dans la hutte enfumée
Bien soigneusement fermée
Les braves petits Lapons
Boivent l'huile de poisson…

Sans rien dire, ils sont assis,
Père, mère, aïeul, les six
Enfants, le petit dernier
Bave en son berceau d'osier ;
Leur bon vieux renne au poil roux
Les regarde, l'air si doux !

Bientôt ils s'endormiront
Et demain ils reboiront
La bonne huile de poisson,
Et puis se rendormiront
Et puis, un jour, ils mourront !
Ainsi coulera leur vie
Monotone et sans envie…
Et plus d'un poète envie
Les braves petits Lapons
Buveurs d'huile de poisson !

Georges Fourest (1867-1945)
Le poème comprend une note de l'auteur : « Y a-t-il de l'osier en
Laponie ? Mystère et botanique. »

# La Ronde autour du monde

*Ballades françaises*

Si toutes les filles du monde voulaient s'donner
la main,
Tout autour de la mer elles pourraient faire une
ronde.

Si tous les gars du monde voulaient bien êtr'
marins,
Ils f'raient avec leurs barques un joli pont sur
l'onde.

Alors on pourrait faire une ronde autour du
monde,
Si tous les gens du monde voulaient s' donner la
main.

PAUL FORT (1872-1960)
L'édition des *Ballades françaises* comporte
dix-sept volumes qui furent rassemblés de
1922 à 1958. Adepte de la prose rythmée,
Paul Fort exploite la veine populaire de la
chanson insouciante et optimiste.

# Complainte du petit cheval blanc

*Ballades françaises*

Le petit cheval dans le mauvais temps,
qu'il avait donc du courage ! C'était un
petit cheval blanc, tous derrière et lui devant.

Il n'y avait jamais de beau temps dans
ce pauvre paysage. Il n'y avait jamais
de printemps,  ni derrière ni devant.

Mais toujours il était content, menant
les gars du village, à travers la pluie
noire des champs, tous derrière et lui devant.

Sa voiture allait poursuivant sa belle
petite queue sauvage. C'est alors qu'il
était content, eux derrière et lui devant.

Mais un jour, dans le mauvais temps,
un jour qu'il était si sage, il est mort
par un éclair blanc, tous derrière et lui devant.

Il est mort sans voir le beau temps,
qu'il avait donc du courage ! Il est mort
sans voir le printemps ni derrière ni devant.

PAUL FORT (1872-1960)
Nommé « prince des poètes » en 1912,
créateur du Théâtre de l'Art, Paul Fort
exerça une réelle influence sur toute une
génération éprise de fantaisie et sensible aux
charmes de l'imagination.

JACQUES PRÉVERT

# Chanson des escargots qui vont à l'enterrement

*Paroles*

À l'enterrement d'une feuille morte
Deux escargots s'en vont
Ils ont la coquille noire
Du crêpe autour des cornes
Ils s'en vont dans le soir
Un très beau soir d'automne
Hélas quand ils arrivent
C'est déjà le printemps
Les feuilles qui étaient mortes
Sont toutes ressuscitées
Et les deux escargots
Sont très désappointés
Mais voilà le soleil
Le soleil qui leur dit
Prenez prenez la peine
La peine de vous asseoir
Prenez un verre de bière
Si le cœur vous en dit
Prenez si ça vous plaît
L'autocar pour Paris
Il partira ce soir
Vous verrez du pays

Mais ne prenez pas le deuil
C'est moi qui vous le dis
Ça noircit le blanc de l'œil
Et puis ça enlaidit
Les histoires de cercueils
C'est triste et pas joli
Reprenez vos couleurs
Les couleurs de la vie
Alors toutes les bêtes
Les arbres et les plantes
Se mettent à chanter
À chanter à tue-tête
La vraie chanson vivante
La chanson de l'été
Et tout le monde de boire
Tout le monde de trinquer
C'est un très joli soir
Un joli soir d'été
Et les deux escargots
S'en retournent chez eux
Ils s'en vont très émus
Ils s'en vont très heureux
Comme ils ont beaucoup bu
Ils titubent un p'tit peu
Mais là-haut dans le ciel
La lune veille sur eux.

JACQUES PRÉVERT (1900-1977)
En exergue de son roman *Le Petit Prince*, Saint-Exupéry
écrivit : « Toutes les grandes personnes ont d'abord été
des enfants mais très peu d'entre elles s'en souviennent. »
Prévert fait partie du cercle des privilégiés.

# Pour faire le portrait d'un oiseau

*Paroles*

Peindre d'abord une cage
avec une porte ouverte
peindre ensuite
quelque chose de joli
quelque chose de simple
quelque chose de beau
quelque chose d'utile
pour l'oiseau
placer ensuite la toile contre un arbre
dans un jardin
dans un bois
ou dans une forêt
se cacher derrière l'arbre
sans rien dire
sans bouger…
Parfois l'oiseau arrive vite
mais il peut aussi bien mettre de longues années
avant de se décider
Ne pas se décourager
attendre
attendre s'il le faut pendant des années
la vitesse ou la lenteur de l'arrivée
de l'oiseau n'ayant aucun rapport
avec la réussite du tableau
Quand l'oiseau arrive

s'il arrive
observer le plus profond silence
attendre que l'oiseau entre dans la cage
et quand il est entré
fermer doucement la porte avec le pinceau
puis
effacer un à un tous les barreaux
en ayant soin de ne toucher aucune des plumes
   de l'oiseau
Faire ensuite le portrait de l'arbre
en choisissant la plus belle de ses branches
pour l'oiseau
peindre aussi le vert feuillage et la fraîcheur du
   vent
la poussière du soleil
et le bruit des bêtes de l'herbe dans la chaleur de
   l'été
et puis attendre que l'oiseau se décide à chanter.
Si l'oiseau ne chante pas
c'est mauvais signe
signe que le tableau est mauvais
mais s'il chante c'est bon signe
signe que vous pouvez signer
Alors vous arrachez tout doucement
une des plumes de l'oiseau
et vous écrivez votre nom dans un coin du tableau.

JACQUES PRÉVERT (1900-1977)
Du Surréalisme, qu'il abandonna en 1929, Prévert
garda intacts l'humour grinçant, le goût des images
inattendues qui métamorphosent le quotidien.

# Le Cancre

*Paroles*

Il dit non avec la tête
mais il dit oui avec le cœur
il dit oui à ce qu'il aime
il dit non au professeur
il est debout
on le questionne
et tous les problèmes sont posés
soudain le fou rire le prend
et il efface tout
les chiffres et les mots
les dates et les noms
les phrases et les pièges
malgré les menaces du maître
sous les huées des enfants prodiges
avec des craies de toutes les couleurs
sur le tableau noir du malheur
il dessine le visage du bonheur.

JACQUES PRÉVERT (1900-1977)
Cette belle et lumineuse pirouette, pleine
de fantaisie, appartient au recueil *Paroles*,
publié en 1946, que suivront, en 1951,
*Histoires* puis *Spectacle*.

## CLAUDE ROY

# L'enfant qui va aux commissions

*Enfantasques*

« Un pain, du beurre, un camembert,
mais surtout n'oublie pas le sel.
Reviens pour mettre le couvert,
ne va pas traîner la semelle. »

L'enfant s'en va le nez au vent.
Le vent le voit. Le vent le flaire.
L'enfant devient un vol-au-vent,
l'enfant devient un fils de l'air.

« Reviens, reviens, au nom de Dieu !
Tu fais le malheur de ton père.
Ma soupe est déjà sur le feu.
Tu devrais mettre le couvert ! »

Léger, bien plus léger que l'air,
l'enfant est sourd à cet appel.
Il est déjà à Saint-Nazaire.
Il oublie le pain et le sel.

Parents, de chagrin étouffant
d'avoir un fils si égoïste,
parents sans sel et sans enfant,
que votre dîner sera triste !

CLAUDE ROY (1915-1997)
Traducteur de poètes chinois, romancier, essayiste, mémorialiste et
chroniqueur, Claude Roy sut allier humanisme, fantaisie et lyrisme
dans une poésie à la fois légère et grave qui chante le bonheur
insouciant de l'enfance mais aussi l'angoisse de la mort.

# Le temps du collège

# Dedans Paris, ville jolie

*L'Adolescence clémentine*

Dedans Paris, ville jolie,
Un jour passant mélancolie,
Je pris alliance nouvelle
À la plus gaie damoiselle
Qui soit d'ici en Italie.

D'honnêteté elle est saisie,
Et crois selon ma fantaisie
Qu'il n'en est guère de plus belle
Dedans Paris.

Je ne vous la nommerai mie,
Sinon que c'est ma grand' amie,
Car l'alliance se fit telle,
Par un doux baiser, que j'eus d'elle,
Sans penser aucune infamie
Dedans Paris.

CLÉMENT MAROT (1496-1544)
Auteur d'épîtres, de rondeaux, d'épigrammes
et d'élégies, Marot disait de la cour de
François I$^{er}$ qu'elle avait été sa « maîtresse
d'école ». Le poète des princes et des nobles
dames s'éprit, en 1526, d'Anne d'Alençon,
nièce de Marguerite d'Alençon, sœur du roi.

# Printemps

*Rondeaux*

Le temps a laissé son manteau
De vent, de froidure et de pluie,
Et s'est vêtu de broderie,
De soleil luisant, clair et beau.

Il n'y a bête, ni oiseau,
Qu'en son jargon ne chante ou crie :
Le temps a laissé son manteau !
De vent, de froidure et de pluie !

Rivière, fontaine et ruisseau
Portent, en livrée jolie,
Gouttes d'argent, d'orfèvrerie,
Chacun s'habille de nouveau :
Le temps a laissé son manteau.

CHARLES D'ORLÉANS (1394-1465)
Ce rondeau, que Claude Debussy mit en
musique (*Ballades*, 1910), a contribué à la
gloire de Charles d'Orléans. Le dernier des
trouvères resta vingt-cinq ans prisonnier des
Anglais après la bataille d'Azincourt et eut
un fils qui régna sous le nom de Louis XII.

# Hiver

*Rondeaux*

Hiver, vous n'êtes qu'un vilain.
Été est plaisant et gentil :
En témoignent Mai et Avril
Qui l'escortent soir et matin.

Été revêt champs, bois et fleurs
De son pavillon de verdure
Et de maintes autres couleurs
Par l'ordonnance de Nature.

Mais vous, Hiver, trop êtes plein
De neige, vent, pluie et grésil ;
On vous doit bannir en exil !
Sans point flatter, je parle plain :
Hiver, vous n'êtes qu'un vilain.

CHARLES D'ORLÉANS (1394-1465)
Composés en captivité, les poèmes de Charles
d'Orléans furent oubliés après sa mort.
Le manuscrit n'en fut retrouvé et publié qu'en 1734.

# Heureux qui comme Ulysse...

*Les Regrets*

Heureux qui, comme Ulysse, a fait un beau voyage,
Ou comme cestui-là qui conquit la toison,
Et puis est retourné, plein d'usage et raison,
Vivre entre ses parents le reste de son âge !

Quand reverrai-je, hélas ! de mon petit village
Fumer la cheminée, et en quelle saison
Reverrai-je le clos de ma pauvre maison,
Qui m'est une province, et beaucoup davantage ?

Plus me plaît le séjour qu'ont bâti mes aïeux,
Que des palais romains le front audacieux
Plus que le marbre dur me plaît l'ardoise fine,

Plus mon Loir gaulois que le Tibre latin
Plus mon petit Liré que le mont Palatin,
Et plus que l'air marin la douceur angevine.

JOACHIM DU BELLAY (1522-1560)
Le poème, par excellence, de la nostalgie.
Le sens du mot s'éclaire par son étymologie :
du grec *nostos* : retour, et *algos* : douleur.
Du Bellay séjourna en Italie de 1553 à 1557
et, las des intrigues de la cour romaine,
regagna la France avec bonheur.

# Les Stances du Cid

*Le Cid* (acte I, scène 6)

Percé jusques au fond du cœur
D'une atteinte imprévue aussi bien que mortelle,
Misérable vengeur d'une juste querelle,
Et malheureux objet d'une injuste rigueur,
Je demeure immobile, et mon âme abattue
Cède au coup qui me tue.
Si près de voir mon feu récompensé,
Ô Dieu, l'étrange peine !
En cet affront mon père est l'offensé,
Et l'offenseur le père de Chimène !

Que je sens de rudes combats !
Contre mon propre honneur mon amour s'intéresse :
Il faut venger un père, et perdre une maîtresse.
L'un m'anime le cœur, l'autre retient mon bras.
Réduit au triste choix ou de trahir ma flamme,
Ou de vivre en infâme,
Des deux côtés mon mal est infini.
Ô Dieu, l'étrange peine !
Faut-il laisser un affront impuni ?
Faut-il punir le père de Chimène ?

Père, maîtresse, honneur, amour,
Noble et dure contrainte, aimable tyrannie,
Tous mes plaisirs sont morts, ou ma gloire ternie.
L'un me rend malheureux, l'autre indigne du jour.
Cher et cruel espoir d'une âme généreuse,
Mais ensemble amoureuse,
Digne ennemi de mon plus grand bonheur,
Fer qui causes ma peine,
M'es-tu donné pour venger mon honneur ?
M'es-tu donné pour perdre ma Chimène ?

Il vaut mieux courir au trépas.
Je dois à ma maîtresse aussi bien qu'à mon père :
J'attire en me vengeant sa haine et sa colère ;
J'attire ses mépris en ne me vengeant pas.
À mon plus doux espoir l'un me rend infidèle,
Et l'autre indigne d'elle.
Mon mal augmente à le vouloir guérir ;
Tout redouble ma peine.
Allons, mon âme ; et puisqu'il faut mourir,
Mourons du moins sans offenser Chimène.

Mourir sans tirer ma raison !
Rechercher un trépas si mortel à ma gloire !
Endurer que l'Espagne impute à ma mémoire
D'avoir mal soutenu l'honneur de ma maison !
Respecter un amour dont mon âme égarée
Voit la perte assurée !
N'écoutons plus ce penser suborneur,
Qui ne sert qu'à ma peine.
Allons, mon bras, sauvons du moins l'honneur,
Puisqu'après tout il faut perdre Chimène.

Oui, mon esprit s'était déçu.
Je dois tout à mon père avant qu'à ma maîtresse :
Que je meure au combat, ou meure de tristesse,
Je rendrai mon sang pur comme je l'ai reçu.
Je m'accuse déjà de trop de négligence ;
Courons à la vengeance ;
Et tout honteux d'avoir tant balancé,
Ne soyons plus en peine,
Puisqu'aujourd'hui mon père est l'offensé,
Si l'offenseur est père de Chimène.

PIERRE CORNEILLE (1606-1684)
C'est dans une pièce de l'Espagnol Guillén de Castro que Corneille
a trouvé le sujet de sa tragi-comédie. Il y a aussi puisé la forme des
stances de Rodrigue. Dans cette scène, le Cid exprime le conflit
cornélien par excellence qui oppose le devoir à la passion.

# Les Imprécations de Camille

*Horace* (acte IV, scène 5)

Rome, l'unique objet de mon ressentiment !
Rome, à qui vient ton bras d'immoler mon amant !
Rome qui t'a vu naître, et que ton cœur adore !
Rome enfin que je hais parce qu'elle t'honore !
Puissent tous ses voisins ensemble conjurés
Saper ses fondements encor mal assurés !
Et si ce n'est assez de toute l'Italie,
Que l'Orient contre elle à l'Occident s'allie ;
Que cent peuples unis des bouts de l'univers
Passent pour la détruire et les monts et les mers !
Qu'elle-même sur soi renverse ses murailles,
Et de ses propres mains déchire ses entrailles !
Que le courroux du ciel allumé par mes vœux
Fasse pleuvoir sur elle un déluge de feux !

Puissé-je de mes yeux y voir tomber ce foudre,
Voir ses maisons en cendre, et tes lauriers en
        poudre,
Voir le dernier Romain à son dernier soupir,
Moi seule en être cause, et mourir de plaisir !

PIERRE CORNEILLE (1606-1684)
Rome et Albe sont en guerre. Le conflit
déchire les Horaces et les Curiaces unis par les
liens du sang. Camille reproche à son frère,
qui vient annoncer la victoire de Rome, la
mort de son fiancé, tombé au combat.

# Venise

*Contes d'Espagne et d'Italie*

Dans Venise la rouge,
Pas un bateau ne bouge,
Pas un pêcheur dans l'eau
Pas un falot.

Seul, assis à la grève,
Le grand lion soulève,
Sur l'horizon serein,
Son pied d'airain.

Autour de lui, par
   groupes,
Navires et chaloupes,
Pareils à des hérons
Couchés en rond,

Dorment sur l'eau qui
   fume,
Et croisent dans la brume,
En légers tourbillons
Leurs pavillons.

La lune qui s'efface
Couvre son front qui passe
D'un nuage étoilé
Demi voilé.
[...]

Et les palais antiques,
Et les graves portiques,
Et les blancs escaliers
Des chevaliers,

Et les ponts et les rues,
Et les mornes statues,
Et le golfe mouvant
Qui tremble au vent,

Tout se tait, fors les gardes
Aux longues hallebardes,
Qui veillent aux créneaux
Des arsenaux.
[...]

ALFRED DE MUSSET (1810-1857)
Brillante fantaisie, cette évocation de Venise
dissimule une vraie douleur. Alors qu'il
pensait couler des jours heureux avec George
Sand, Musset fut évincé par le médecin qui
le soignait. Les *Contes d'Espagne et d'Italie*
rendirent leur auteur célèbre à vingt ans.

# JEAN DE LA FONTAINE

# La Laitière et le Pot au lait

*Fables*

Perrette, sur sa tête ayant un pot au lait
   Bien posé sur un coussinet,
Prétendait arriver sans encombre à la ville,
Légère et court vêtue, elle allait à grands pas,
Ayant mis ce jour-là, pour être plus agile,
   Cotillon simple et souliers plats.
   Notre laitière ainsi troussée
   Comptait déjà dans sa pensée
Tout le prix de son lait, en employait l'argent ;
Achetait un cent d'œufs, faisait triple couvée :
La chose allait à bien par son soin diligent.
   « Il m'est, disait-elle, facile
D'élever des poulets autour de ma maison ;
   Le renard sera bien habile
S'il ne m'en laisse assez pour avoir un cochon.
Le porc à s'engraisser coûtera peu de son ;
Il était, quand je l'eus, de grosseur raisonnable :
J'aurai, le revendant, de l'argent bel et bon.
Et qui m'empêchera de mettre en notre étable,
Vu le prix dont il est, une vache et son veau,
Que je verrai sauter au milieu du troupeau ? »
Perrette là-dessus saute aussi, transportée :
Le lait tombe; adieu veau, vache, cochon, couvée.
La dame de ces biens, quittant d'un œil marri

Sa fortune ainsi répandue,
Va s'excuser à son mari,
En grand danger d'être battue.
Le récit en farce en fut fait ;
On l'appela le Pot au lait.

Quel esprit ne bat la campagne ?
Qui ne fait châteaux en Espagne ?
Picrochole, Pyrrhus, la Laitière, enfin tous,
Autant les sages que les fous ?
Chacun songe en veillant ; il n'est rien de plus
    doux :
Une flatteuse erreur emporte alors nos âmes ;
Tout le bien du monde est à nous,
Tous les honneurs, toutes les femmes.
Quand je suis seul, je fais au plus brave un défi ;
Je m'écarte, je vais détrôner le Sophi ;
On m'élit roi, mon peuple m'aime ;
Les diadèmes vont sur ma tête pleuvant :
Quelque accident fait-il que je rentre en moi-
    même ;
Je suis Gros-Jean comme devant.

JEAN DE LA FONTAINE (1621-1695)
Le septième livre des *Fables* est dédié à Madame de
Montespan. La Fontaine sollicita sa protection en vers :
« Olympe, c'est assez qu'à mon dernier ouvrage / Votre
nom serve un jour de rempart et d'abri. »

# Le Chêne et le Roseau

*Fables*

Le chêne un jour dit au roseau :
« Vous avez bien sujet d'accuser la nature ;
Un roitelet pour vous est un pesant fardeau.
Le moindre vent qui d'aventure
Fait rider la face de l'eau,
Vous oblige à baisser la tête :
Cependant que mon front, au Caucase pareil,
Non content d'arrêter les rayons du soleil,
Brave l'effort de la tempête.
Tout vous est aquilon, tout me semble zéphyr.
Encor si vous naissiez à l'abri du feuillage
Dont je couvre le voisinage,
Vous n'auriez pas tant à souffrir :
Je vous défendrais de l'orage ;
Mais vous naissez le plus souvent
Sur les humides bords des royaumes du vent.
La nature envers vous me semble bien injuste.
– Votre compassion, lui répondit l'arbuste,
Part d'un bon naturel ; mais quittez ce souci :
Les vents me sont moins qu'à vous redoutables ;
Je plie, et ne romps pas. Vous avez jusqu'ici
Contre leurs coups épouvantables
Résisté sans courber le dos ;
Mais attendons la fin. » Comme il disait ces mots,

Du bout de l'horizon accourt avec furie
Le plus terrible des enfants
Que le Nord eût portés jusque-là dans ses flancs.
L'arbre tient bon ; le roseau plie.
Le vent redouble ses efforts,
Et fait si bien qu'il déracine
Celui de qui la tête au ciel était voisine
Et dont les pieds touchaient à l'empire des morts.

JEAN DE LA FONTAINE (1621-1695)
« Vous êtes en un âge où l'amusement et les jeux sont
permis aux princes ; mais en même temps vous devez
donner quelques-unes de vos pensées à des réflexions
sérieuses. » : le premier livre des *Fables* est dédié
à Monseigneur le Dauphin, fils de Louis XIV et de
Marie-Thérèse, alors âgé de six ans.

# Le Loup et l'Agneau

*Fables*

La raison du plus fort est toujours la meilleure ;
Nous l'allons montrer tout à l'heure.

Un agneau se désaltérait
Dans le courant d'une onde pure.
Un loup survient à jeun, qui cherchait aventure,
Et que la faim en ces lieux attirait.
« Qui te rend si hardi de troubler mon breuvage ?
 Dit cet animal plein de rage :
Tu seras châtié de ta témérité.
– Sire, répond l'agneau, que Votre Majesté
Ne se mette pas en colère ;
Mais plutôt qu'elle considère
Que je me vas désaltérant
Dans le courant,
Plus de vingt pas au-dessous d'elle,
Et que par conséquent, en aucune façon,
Je ne puis troubler sa boisson.
– Tu la troubles, reprit cette bête cruelle ;
Et je sais que de moi tu médis l'an passé.
– Comment l'aurais-je fait si je n'étais pas né ?
Reprit l'agneau, je tète encore ma mère.
– Si ce n'est toi, c'est donc ton frère.
– Je n'en ai point. – C'est donc quelqu'un des tiens ;

Car vous ne m'épargnez guère,
Vous, vos bergers, et vos chiens.
On me l'a dit : il faut que je me venge. »
Là-dessus, au fond des forêts
Le loup l'emporte, et puis le mange,
Sans autre forme de procès.

Jean de La Fontaine (1621-1695)
« Je me sers des animaux pour instruire les hommes »,
aimait à répéter le plus célèbre des fabulistes français.

# Les Deux Pigeons

*Fables*


Deux pigeons s'aimaient d'amour tendre :
L'un d'eux s'ennuyant au logis,
Fut assez fou pour entreprendre
Un voyage en lointain pays.
L'autre lui dit : « Qu'allez-vous faire ?
Voulez-vous quitter votre frère ?
L'absence est le plus grand des maux :
Non pas pour vous, cruel ! Au moins, que les travaux,
Les dangers, les soins du voyage,
Changent un peu votre courage.
Encor, si la saison s'avançait davantage !
Attendez les zéphyrs : qui vous presse ? un corbeau
Tout à l'heure annonçait malheur à quelque oiseau.
Je ne songerai plus que rencontre funeste,
Que faucons, que réseaux. « Hélas, dirai-je, il pleut :
« Mon frère a-t-il tout ce qu'il veut,
« Bon soupé, bon gîte, et le reste ? »
Ce discours ébranla le cœur
De notre imprudent voyageur ;
Mais le désir de voir et l'humeur inquiète
L'emportèrent enfin. Il dit : « Ne pleurez point :
Trois jours au plus rendront mon âme satisfaite ;
Je reviendrai dans peu conter de point en point
Mes aventures à mon frère ;
Je le désennuierai. Quiconque ne voit guère
N'a guère à dire aussi. Mon voyage dépeint

Vous sera d'un plaisir extrême.
Je dirai : « J'étais là ; telle chose m'advint » ;
Vous y croirez être vous-même. »
À ces mots, en pleurant ils se dirent adieu.
[…]

JEAN DE LA FONTAINE (1621-1695)
« Aucune littérature a-t-elle jamais offert rien
de plus exquis, de plus sage, de plus parfait. »
André Gide, *Voyage au Congo*, 1927.

# Demain, dès l'aube

*Les Contemplations*

Demain, dès l'aube, à l'heure où blanchit la
    campagne,
Je partirai. Vois-tu, je sais que tu m'attends.
J'irai par la forêt, j'irai par la montagne.
Je ne puis demeurer loin de toi plus longtemps.

Je marcherai les yeux fixés sur mes pensées,
Sans rien voir au-dehors, sans entendre aucun
    bruit,
Seul, inconnu, le dos courbé, les mains croisées,
Triste, et le jour pour moi sera comme la nuit.

Je ne regarderai ni l'or du soir qui tombe,
Ni les voiles au loin descendant vers Harfleur,
Et quand j'arriverai, je mettrai sur ta tombe
Un bouquet de houx vert et de bruyère en fleur.

VICTOR HUGO (1802-1885)
L'un des plus célèbres poèmes de la littérature
française commémore les pèlerinages de
Hugo sur la tombe de sa fille qui se noya
accidentellement, à dix-neuf ans, dans
la Seine. Son époux, Charles Vacquerie,
plongea à six reprises pour tenter de la sauver
et, la septième fois, se laissa couler…

# Le Semeur

*Les Chansons des rues et des bois*

C'est le moment crépusculaire.
J'admire, assis sous un portail,
Ce reste de jour dont s'éclaire
La dernière heure du travail.

Dans les plaines, de nuit baignées,
Je contemple, ému, les haillons
D'un vieillard qui jette à poignées
La moisson future aux sillons.

Sa haute silhouette noire
Domine les profonds labours.
On sent à quel point il doit croire
À la fuite utile des jours.

Il marche dans la plaine immense,
Va, vient, lance la graine au loin,
Rouvre sa main, et recommence,
Et je médite, obscur témoin,

Pendant que, déployant ses voiles,
L'ombre, où se mêle une rumeur,
Semble élargir jusqu'aux étoiles
Le geste auguste du semeur.

VICTOR HUGO (1802-1885)
Emblème et symbole d'une France rurale aujourd'hui disparue,
le semeur inspira également les peintres. Contemporain de
Victor Hugo, Jean-François Millet peignit *Le Semeur* en 1850,
*Les Glaneuses* en 1857 et *L'Angélus*, deux ans plus tard.

VICTOR HUGO

# La Conscience

*La Légende des siècles*


Lorsque avec ses enfants vêtus de peaux de bêtes,
Échevelé, livide au milieu des tempêtes,
Caïn se fut enfui de devant Jéhovah,
Comme le soir tombait, l'homme sombre arriva
Au bas d'une montagne en une grande plaine ;
Sa femme fatiguée et ses fils hors d'haleine
Lui dirent : « Couchons-nous sur la terre, et
    dormons. »
Caïn, ne dormant pas, songeait au pied des monts.
Ayant levé la tête, au fond des cieux funèbres,
Il vit un œil, tout grand ouvert dans les ténèbres,
Et qui le regardait dans l'ombre fixement.
« Je suis trop près », dit-il avec un tremblement.
Il réveilla ses fils dormant, sa femme lasse,
Et se remit à fuir sinistre dans l'espace.
Il marcha trente jours, il marcha trente nuits.
Il allait, muet, pâle et frémissant aux bruits,
Furtif, sans regarder derrière lui, sans trêve,
Sans repos, sans sommeil ; il atteignit la grève
Des mers dans le pays qui fut depuis Assur.
« Arrêtons-nous, dit-il, car cet asile est sûr.
Restons-y. Nous avons du monde atteint les
    bornes. »
Et, comme il s'asseyait, il vit dans les cieux mornes

L'œil à la même place au fond de l'horizon.
Alors il tressaillit en proie au noir frisson.
« Cachez-moi ! » cria-t-il ; et, le doigt sur la
   bouche,
Tous ses fils regardaient trembler l'aïeul farouche.
Caïn dit à Jabel, père de ceux qui vont,
Sous des tentes de poil dans le désert profond :
« Étends de ce côté la toile de la tente. »
Et l'on développa la muraille flottante ;
Et, quand on l'eut fixée avec des poids de plomb :
« Vous ne voyez  plus rien ? » dit Tsilla, l'enfant
   blond,
La fille de ses fils, douce comme l'aurore ;
Et Caïn répondit : « Je vois cet œil encore ! »
Jubal, père de ceux qui passent dans les bourgs
Soufflant dans des clairons et frappant des
   tambours,
Cria : « Je saurai bien construire une barrière. »
Il fit un mur de bronze et mit Caïn derrière.
Et Caïn dit : « Cet œil me regarde toujours ! »
Hénoch dit : « Il faut faire une enceinte de tours
Si terrible, que rien ne puisse approcher d'elle.
Bâtissons une ville avec sa citadelle,
Bâtissons une ville, et nous la fermerons. »
Alors, Tubalcaïn, père des forgerons,
Construisit une ville énorme et surhumaine.
Pendant qu'il travaillait, ses frères, dans la plaine,
Chassaient les fils d'Énos et les enfants de Seth ;
Et l'on crevait les yeux à quiconque passait ;
Et, le soir, on lançait des flèches aux étoiles.
Le granit remplaça la tente aux murs de toiles,

On lia chaque bloc avec des nœuds de fer,
Et la ville semblait une ville d'enfer ;
L'ombre des tours faisait la nuit dans les campagnes ;
Ils donnèrent aux murs l'épaisseur des montagnes ;
Sur la porte on grava : « Défense à Dieu d'entrer. »
Quand ils en eurent fini de clore et de murer,
On mit l'aïeul au centre en une tour de pierre ;
Et lui restait lugubre et hagard. « Ô mon père !
L'œil a-t-il disparu ? » dit en tremblant Tsilla.
Et Caïn répondit : « Non, il est toujours là. »
Alors il dit : « Je veux habiter sous la terre
Comme dans son sépulcre un homme solitaire ;
Rien ne me verra plus, je ne verrai plus rien. »
On fit donc une fosse, et Caïn dit : « C'est bien ! »
Puis il descendit seul sous cette voûte sombre.
Quand il se fut assis sur sa chaise dans l'ombre
Et qu'on eut sur son front fermé le souterrain,
L'œil était dans la tombe et regardait Caïn.

VICTOR HUGO (1802-1885)
Fils aîné d'Adam et Ève, Caïn est, selon
la Bible, le premier meurtrier de l'humanité.
Jaloux de son frère Abel, il le tue.
Sa vie durant, Hugo se sentira coupable
à l'égard de son frère Abel qui sombra dans
la folie, lui qui aurait tant voulu épouser
Adèle et faire une carrière littéraire.

# Après la bataille

*La Légende des siècles*

Mon père, ce héros au sourire si doux,
Suivi d'un seul housard qu'il aimait entre tous
Pour sa grande bravoure et pour sa haute taille,
Parcourait à cheval, le soir d'une bataille,
Le champ couvert de morts sur qui tombait la nuit.
Il lui sembla dans l'ombre entendre un faible bruit.
C'était un Espagnol de l'armée en déroute
Qui se traînait sanglant sur le bord de la route,
Râlant, brisé, livide, et mort plus qu'à moitié,
Et qui disait : – À boire, à boire, par pitié ! –
Mon père, ému, tendit à son housard fidèle
Une gourde de rhum qui pendait à sa selle,
Et dit : – Tiens, donne à boire à ce pauvre blessé. –
Tout à coup, au moment où le housard baissé
Se penchait vers lui, l'homme, une espèce de Maure,
Saisit un pistolet qu'il étreignait encore,
Et vise au front mon père en criant : Caramba !
Le coup passa si près que le chapeau tomba
Et que le cheval fit un écart en arrière.
– Donne-lui tout de même à boire, dit mon père.

VICTOR HUGO (1802-1885)
L'engouement du poète pour l'Espagne
est celui de toute une génération férue
d'exotisme et de couleur locale. Mais Hugo
n'oublia jamais le bref séjour outre-Pyrénées
du petit Victor …

# VICTOR HUGO

# Bon appétit, messieurs !

*Ruy Blas* (acte III, scène 2)

RUY BLAS, *survenant.*

Bon appétit, messieurs !
*Tous se retournent. Silence de surprise et d'inquiétude.*
  *Ruy Blas se couvre, croise les bras, et poursuit en les*
  *regardant en face.*
Ô ministres intègres !
Conseillers vertueux ! Voilà votre façon
De servir, serviteurs qui pillez la maison !
Donc vous n'avez pas honte et vous choisissez l'heure,
L'heure sombre où l'Espagne agonisante pleure !
Donc vous n'avez ici pas d'autres intérêts
Que remplir votre poche et vous enfuir après !
Soyez flétris, devant votre pays qui tombe,
Fossoyeurs qui venez le voler dans sa tombe !
– Mais voyez, regardez, ayez quelque pudeur.
L'Espagne et sa vertu, l'Espagne et sa grandeur,
Tout s'en va. – Nous avons, depuis Philippe Quatre,
Perdu le Portugal, le Brésil, sans combattre ;
En Alsace Brisach, Steinfort en Luxembourg ;
Et toute la Comté jusqu'au dernier faubourg ;
Le Roussillon, Ormuz, Goa, cinq mille lieues
De côte, et Fernambouc, et les montagnes bleues !
Mais voyez. – Du ponant jusques à l'orient,
L'Europe, qui vous hait, vous regarde en riant.
Comme si votre roi n'était plus qu'un fantôme,
La Hollande et l'Anglais partagent ce royaume ;

Rome vous trompe ; il faut ne risquer qu'à demi
Une armée en Piémont, quoique pays ami ;
La Savoie et son duc sont pleins de précipices.
La France, pour vous prendre, attend des jours propices.
L'Autriche aussi vous guette. Et l'infant bavarois
Se meurt, vous le savez. – Quant à vos vice-rois,
Médina, fou d'amour, emplit Naples d'esclandres,
Vaudémont vend Milan, Leganez perd les Flandres.
Quel remède à cela ? – l'état est indigent,
L'état est épuisé de troupes et d'argent ;
Nous avons sur la mer, où Dieu met ses colères,
Perdu trois cents vaisseaux, sans compter les galères.
Et vous osez ! … – Messieurs, en vingt ans, songez-y,
Le peuple, – j'en ai fait le compte, et c'est ainsi !
– Portant sa charge énorme et sous laquelle il ploie,
Pour vous, pour vos plaisirs, pour vos filles de joie,
Le peuple misérable, et qu'on pressure encor,
A sué quatre cent trente millions d'or !
Et ce n'est pas assez ! Et vous voulez, mes maîtres ! …
– Ah ! J'ai honte pour vous ! – Au-dedans, routiers,
    reîtres,
Vont battant le pays et brûlant la moisson.
L'escopette est braquée au coin de tout buisson.
Comme si c'était peu de la guerre des princes,
Guerre entre les couvents, guerre entre les provinces,
Tous voulant dévorer leur voisin éperdu,
Morsures d'affamés sur un vaisseau perdu !
[…]

VICTOR HUGO (1802-1885)
De *Ruy Blas*, drame extravagant qui fait d'un laquais un
ministre, on a pu dire : « … on l'applaudira toujours comme
un opéra dont la musique est ravissante, et le livret absurde. »

# Paysage

*Premières Poésies*

Pas une feuille qui bouge,
Pas un seul oiseau chantant,
Au bord de l'horizon rouge
Un éclair intermittent ;

D'un côté rares broussailles,
Sillons à demi noyés,
Pans grisâtres de murailles,
Saules noueux et ployés ;

De l'autre, un champ que termine
Un large fossé plein d'eau,
Une vieille qui chemine
Avec un pesant fardeau,

Et puis la route qui plonge
Dans le flanc des coteaux bleus,
Et comme un ruban s'allonge
En minces plis onduleux.

THÉOPHILE GAUTIER (1811-1872)
Ce natif de Tarbes hésita longuement entre
la peinture et la littérature. Avec orgueil, le
bon Théo, le parfait magicien ès lettres françaises, consacra sa vie et son œuvre au culte
de la beauté plastique.

# Carnaval

*Émaux et camées*

Venise pour le bal s'habille.
De paillettes tout étoilé,
Scintille, fourmille et babille
Le carnaval bariolé.

Arlequin, nègre par son masque,
Serpent par ses mille couleurs,
Rosse d'une note fantasque
Cassandre son souffre-douleurs.

Battant de l'aile avec sa manche
Comme un pingouin sur son écueil,
Le blanc Pierrot, par une blanche,
Passe la tête et cligne l'œil.

Le Docteur bolonais rabâche
Avec la basse aux sons traînés ;
Polichinelle, qui se fâche,
Se trouve une croche pour nez.

Heurtant Trivelin, qui se mouche
Avec un trille extravagant,
À Colombine Scaramouche
Rend son éventail ou son gant.

Sur une cadence se glisse
Un domino ne laissant voir
Qu'un malin regard en coulisse
Aux paupières de satin noir.

Ah ! fine barbe de dentelle,
Que fait voler un souffle pur,
Cet arpège me dit : C'est elle !
Malgré tes réseaux, j'en suis sûr,

Et j'ai reconnu, rose et fraîche,
Sous l'affreux profil de carton,
Sa lèvre au fin duvet de pêche,
Et la mouche de son menton.

THÉOPHILE GAUTIER (1811-1872)
Trivelin, personnage de la comédie italienne,
ressemble à Scapin. Scaramouche est le beau
parleur par excellence. Quant aux réseaux de
Colombine, ce sont les entrelacs de dentelle
qui ornent son masque.

# Il pleure dans mon cœur

*Romances sans paroles*

Il pleure dans mon cœur
Comme il pleut sur la ville.
Quelle est cette langueur
Qui pénètre mon cœur ?

Ô bruit doux de la pluie
Par terre et sur les toits !
Pour un cœur qui s'ennuie,
Ô le chant de la pluie !

Il pleure sans raison
Dans ce cœur qui s'écœure.
Quoi ! nulle trahison ?...
Ce deuil est sans raison.

C'est bien la pire peine
De ne savoir pourquoi,
Sans amour et sans haine,
Mon cœur a tant de peine !

PAUL VERLAINE (1844-1896)
Composé en prison, le recueil *Romances sans
paroles* groupe une vingtaine de poèmes en trois
parties : *Ariettes oubliées*, *Paysages belges* et *Aqua-
relles*, dont tous les textes portent un titre anglais.

PAUL VERLAINE

# Le ciel est par-dessus le toit

*Sagesse*


Le ciel est, par-dessus le toit,
    Si bleu, si calme !
Un arbre, par-dessus le toit,
    Berce sa palme.

La cloche, dans le ciel qu'on voit,
    Doucement tinte.
Un oiseau, sur l'arbre qu'on voit,
    Chante sa plainte.

Mon Dieu, mon Dieu, la vie est là
    Simple et tranquille.
Cette paisible rumeur-là
    Vient de la ville.

– Qu'as-tu fait, ô toi que voilà
    Pleurant sans cesse,
Dis, qu'as-tu fait, toi que voilà,
    De ta jeunesse ?

PAUL VERLAINE (1844-1896)
Septembre 1873 : Verlaine est incarcéré
en Belgique après avoir blessé Rimbaud
d'un coup de revolver. À sa sortie de prison,
il tente de mener une vie plus sereine mais
cette expérience de la « sagesse »
sera de courte durée.

PAUL VERLAINE

# L'Hiver dans la plaine

*Romances sans paroles*

Dans l'interminable
Ennui de la plaine,
La neige incertaine
Luit comme du sable.

Le ciel est de cuivre
Sans lueur aucune.
On croirait voir vivre
Et mourir la lune.

Comme des nuées
Flottent gris les chênes
Des forêts prochaines
Parmi les buées.

Le ciel est de cuivre
Sans lueur aucune.
On croirait voir vivre
Et mourir la lune.

Corneille poussive,
Et vous, les loups maigres,
Par ces bises aigres
Quoi donc vous arrive ?

Dans l'interminable
Ennui de la plaine,
La neige incertaine
Luit comme du sable.

PAUL VERLAINE (1844-1896)
Évoquée dans le sous-titre du recueil, l'ariette
est d'abord un genre musical, mélodique et
léger, que le poète traduit ici en images pour
restituer un paysage aux couleurs incertaines.

PAUL VERLAINE

# Chanson d'automne

*Poèmes saturniens*


Les sanglots longs
Des violons
    De l'automne
Blessent mon cœur
D'une langueur
    Monotone.

Tout suffocant
Et blême, quand
    Sonne l'heure,
Je me souviens
Des jours anciens
    Et je pleure.

Et je m'en vais
Au vent mauvais
    Qui m'emporte
Deçà, delà,
Pareil à la
    Feuille morte.

PAUL VERLAINE (1844-1896)
Premier recueil d'un poète de vingt-deux
ans, les *Poèmes saturniens* adoptent volontiers
la forme de la chanson pour exprimer, avec
délicatesse, une sensibilité encore marquée
par le romantisme.

# Je suis venu, calme orphelin

*Sagesse*

Gaspard Hauser chante :

Je suis venu, calme orphelin,
Riche de mes seuls yeux tranquilles,
Vers les hommes des grandes villes :
Ils ne m'ont pas trouvé malin.

À vingt ans un trouble nouveau
Sous le nom d'amoureuses flammes
M'a fait trouver belles les femmes :
Elles ne m'ont pas trouvé beau.

Bien que sans patrie et sans roi
Et très brave ne l'étant guère,
J'ai voulu mourir à la guerre :
La mort n'a pas voulu de moi.

Suis-je né trop tôt ou trop tard ?
Qu'est-ce que je fais en ce monde ?
Ô vous tous, ma peine est profonde :
Priez pour le pauvre Gaspard !

PAUL VERLAINE (1844-1896)
Verlaine s'identifie ici au fils putatif de
Stéphanie de Beauharnais, nièce de
l'impératrice Joséphine. Pour de sordides
questions d'héritage, il fut enlevé à la princesse,
connut une existence d'enfant trouvé et
mourut assassiné en 1833, à vingt et un ans.

ARTHUR RIMBAUD

# Voyelles

*Poésies*

A noir, E blanc, I rouge, U vert, O bleu : voyelles,
Je dirai quelque jour vos naissances latentes :
A, noir corset velu des mouches éclatantes
Qui bombinent autour des puanteurs cruelles,

Golfes d'ombre ; E, candeur des vapeurs et des
    tentes,
Lances des glaciers fiers, rois blancs, frissons
    d'ombelles ;
I, pourpres, sang craché, rire des lèvres belles
Dans la colère ou les ivresses pénitentes ;

U, cycles, vibrements divins des mers virides,
Paix des pâtis semés d'animaux, paix des rides
Que l'alchimie imprime aux grands fronts
    studieux ;

O, suprême Clairon plein des strideurs étranges,
Silences traversés des Mondes et des Anges :
– O l'Oméga, rayon violet de Ses Yeux !

ARTHUR RIMBAUD (1854-1891)
Impossible d'épuiser les sens multiples
de ce sonnet… Rimbaud se souvient-il d'un
alphabet en couleurs sur lequel il aurait appris
à lire ? Tente-t-il d'établir un système de
correspondances entre les sons et les couleurs ?

# Ma bohème

*Poésies*

Je m'en allais, les poings dans mes poches crevées.
Mon paletot aussi devenait idéal.
J'allais sous le ciel, Muse, et j'étais ton féal :
Oh ! là,  là, que d'amours splendides j'ai rêvées !

Mon unique culotte avait un large trou.
Petit Poucet rêveur, j'égrenais dans ma course
Des rimes. Mon auberge était à la Grande Ourse,
Mes étoiles au ciel avaient un doux frou-frou.

Et je les écoutais, assis au bord des routes,
Ces bons soirs de septembre où je sentais des
    gouttes
De rosée à mon front, comme un vin de vigueur ;

Où rimant au milieu des ombres fantastiques,
Comme des lyres, je tirais les élastiques,
De mes souliers blessés, un pied contre mon cœur !

ARTHUR RIMBAUD (1854-1891)
Ce sonnet fut vraisemblablement inspiré
à l'enfant révolté de Charleville par Verlaine
car « féal » signifie «compagnon fidèle ».
Les deux hommes venaient de faire une fugue
en Belgique quand ce texte fut composé.

# Le Chaland

*Toute la Flandre*

Sur l'arrière de son bateau,
Le batelier promène
Sa maison naine
Par les canaux.

Elle est joyeuse, et nette, et lisse,
Et glisse
Tranquillement sur le chemin des eaux.
Cloisons rouges et porte verte,
Et frais et blancs rideaux
Aux fenêtres ouvertes.

Et, sur le pont, une cage d'oiseau
Et deux baquets et un tonneau ;
Et le roquet qui vers les gens aboie,
Et dont l'écho renvoie
La colère vaine vers le bateau.
Le batelier promène
Sa maison naine
Sur les canaux
Qui font le tour de la Hollande,
Et de la Flandre et du Brabant.
[...]

Il transporte des cargaisons,
Par tas plus hauts que sa maison :
Sacs de pommes vertes et blondes,
Fèves et pois, choux et raiforts,
Et quelquefois des seigles d'or
Qui arrivent du bout du monde.

[...]

ÉMILE VERHAEREN (1855-1916)
Poète des villes tentaculaires mais aussi des heures claires,
chantre de la vie quotidienne lisse et sereine, le plus
connu des poètes belges devait trouver une mort tragique :
il fut écrasé par un train, en gare de Rouen, en 1916.

EDMOND ROSTAND

# La tirade des nez

*Cyrano de Bergerac* (acte I, scène 4)

Ah ! non ! c'est un peu court, jeune homme !
On pouvait dire… oh ! Dieu ! bien des choses en
    somme…
En variant le ton, par exemple, tenez :
Agressif : « Moi, monsieur, si j'avais un tel nez,
Il faudrait sur-le-champ que je me l'amputasse ! »
Amical : « Mais il doit tremper dans votre tasse !
 Pour boire, faites-vous fabriquer un hanap ! »
Descriptif : « C'est un roc ! c'est un pic ! c'est un cap !
Que dis-je, c'est un cap ? C'est une péninsule ! »
Curieux : « De quoi sert cette oblongue capsule ?
D'écritoire, monsieur, ou de boîte à ciseaux ? »
Gracieux : « Aimez-vous à ce point les oiseaux
Que paternellement vous vous préoccupâtes
De tendre ce perchoir à leurs petites pattes ? »
Truculent : « Çà, monsieur, lorsque vous pétunez,
La vapeur du tabac vous sort-elle du nez,
Sans qu'un voisin ne crie au feu de cheminée ? »
Prévenant : « Gardez-vous, votre tête entraînée
Par ce poids, de tomber en avant sur le sol ! »
Tendre : « Faites-lui faire un petit parasol,
De peur que sa couleur au soleil ne se fane ! »
Pédant : « L'animal seul, monsieur, qu'Aristophane
Appelle Hippocampéléphantocamélos
Dut avoir sous le front tant de chair sur tant d'os ! »
Cavalier : « Quoi, l'ami, ce croc est la mode ?
Pour pendre son chapeau, c'est vraiment très commode ! »

Emphatique : « Aucun vent ne peut, nez magistral,
T'enrhumer tout entier, excepté le mistral ! »
Dramatique : « C'est la mer Rouge quand il saigne ! »
Admiratif : « Pour un parfumeur, quelle enseigne ! »
Lyrique : « Est-ce une conque, êtes-vous un triton ? »
Naïf : « Ce monument, quand le visite-t-on ? »
Respectueux : « Souffrez, monsieur, qu'on vous salue,
C'est là ce qui s'appelle avoir pignon sur rue ! »
Campagnard : « Hé, ardé ! C'est-y un nez ? Nanain !
C'est queuqu'navet géant ou ben queuqu'melon nain ! »
Militaire : « Pointez contre cavalerie ! »
Pratique : « Voulez-vous le mettre en loterie ?
Assurément, monsieur, ce sera le gros lot ! »
Enfin, parodiant Pyrame, en un sanglot :
« Le voilà donc, ce nez qui des traits de son maître
A détruit l'harmonie ! il en rougit, le traître ! »
Voilà ce qu'à peu près, mon cher, vous m'auriez dit,
Si vous aviez un peu de lettres et d'esprit !
Mais d'esprit, ô le plus lamentable des êtres,
Vous n'en eûtes jamais un atome, et de lettres
Vous n'avez que les trois qui forment le mot : Sot !
Eussiez-vous eu, d'ailleurs, l'invention qu'il faut
Pour pouvoir là, devant ces nobles galeries,
Me servir toutes ces folles plaisanteries,
Que vous n'en eussiez pas articulé le quart
De la moitié du commencement d'une, car,
Je me les sers moi-même, avec assez de verve,
Mais je ne permets pas qu'un autre me les serve.

EDMOND ROSTAND (1868-1918)
Le triomphe de *Cyrano de Bergerac* assura une gloire
précoce à son auteur et lui ouvrit les portes de l'Académie
française. Et l'infortuné cadet de Gascogne reste pour
l'éternité le symbole parfait de la noblesse d'âme.

# Saltimbanques

*Alcools*

Dans la plaine les baladins
S'éloignent au long des jardins
Devant l'huis des auberges grises
Par les villages sans églises

Et les enfants s'en vont devant
Les autres suivent en rêvant
Chaque arbre fruitier se résigne
Quand de très loin ils lui font signe

Ils ont des poids ronds ou carrés
Des tambours des cerceaux dorés
L'ours et le singe animaux sages
Quêtent des sous sur leur passage

GUILLAUME APOLLINAIRE (1880-1918)
Le mot « saltimbanque » vient de l'italien
*saltimbanco* : qui saute de banc en banc. Le
saltimbanque, qui fait aussi des tours d'adresse,
s'appelle également acrobate, bateleur,
équilibriste, funambule. Parce qu'il appartient
aux gens du voyage, il incarne la liberté.

# Automne

*Alcools*

Dans le brouillard s'en vont un paysan cagneux
Et son bœuf lentement dans le brouillard
   d'automne
Qui cache les hameaux pauvres et vergogneux

Et s'en allant là-bas le paysan chantonne
Une chanson d'amour et d'infidélité
Qui parle d'une bague et d'un cœur que l'on brise

Oh ! l'automne a fait mourir l'été
Dans le brouillard s'en vont deux silhouettes grises

GUILLAUME APOLLINAIRE (1880-1918)
L'inspiration populaire de ce poème
mélancolique, aux allures de complainte,
joue dans la première strophe sur deux mots
à la rime, a priori inattendus en poésie :
« cagneux » (qui a les genoux tournés en
dedans) et « vergogneux » (honteux).

# Mai

*Alcools*

Le mai le joli mai en barque sur le Rhin
Des dames regardaient du haut de la montagne
Vous êtes si jolies mais la barque s'éloigne
Qui donc a fait pleurer les saules riverains

Or des vergers fleuris se figeaient en arrière
Les pétales tombés des cerisiers de mai
Sont les ongles de celle que j'ai tant aimée
Les pétales flétris sont comme ses paupières

Sur le chemin du bord du fleuve lentement
Un ours un singe un chien menés par des tziganes
Suivaient une roulotte traînée par un âne
Tandis que s'éloignait dans les vignes rhénanes
Sur un fifre lointain un air de régiment

Le mai le joli mai a paré les ruines
De lierre de vigne vierge et de rosiers
Le vent du Rhin secoue sur le bord les osiers
Et les roseaux jaseurs et les fleurs nues des vignes

GUILLAUME APOLLINAIRE (1880-1918)
Publié dans *Alcools*, recueil dans lequel
le poète décida d'éliminer toute ponctuation,
ce poème est né du souvenir d'Annie
Playden, jeune Anglaise rencontrée et aimée
lors d'un séjour en Allemagne.

# Les Colchiques

*Alcools*

Le pré est vénéneux mais joli en automne
Les vaches y paissant
Lentement s'empoisonnent
Le colchique couleur de cerne et de lilas
Y fleurit tes yeux sont comme cette fleur-là
Violâtres comme leur cerne et comme cet
    automne
Et ma vie pour tes yeux lentement s'empoisonne

Les enfants de l'école viennent avec fracas
Vêtus de hoquetons et jouant de l'harmonica
Ils cueillent les colchiques qui sont comme des
    mères
Filles de leurs filles et sont couleur de tes paupières
Qui battent comme les fleurs battent au vent
    dément

Le gardien du troupeau chante tout doucement
Tandis que lentes et meuglant les vaches
    abandonnent
Pour toujours ce grand pré mal fleuri par l'automne

GUILLAUME APOLLINAIRE (1880-1918)
Doté d'un talent rare, Apollinaire puisa la matière
de son œuvre dans toutes les formes poétiques
qu'il contribua à renouveler, en véritable chef de
file involontaire de la poésie du XXᵉ siècle.

# Les Sapins

*Alcools*

Les sapins en bonnets pointus
De longues robes revêtus
Comme des astrologues
Saluent leurs frères abattus
Les bateaux qui sur le Rhin voguent

Dans les sept arts endoctrinés
Par les vieux sapins leurs aînés
Qui sont de grands poètes
Ils se savent prédestinés
À briller plus que des planètes

À briller doucement changés
En étoiles et enneigés
Aux Noëls bienheureuses
Fêtes des sapins ensongés
Aux longues branches langoureuses

Les sapins beaux musiciens
Chantent des noëls anciens
Au vent des soirs d'automne
Ou bien graves magiciens
Incantent le ciel quand il tonne

Des rangées de blancs chérubins
Remplacent l'hiver les sapins
Et balancent leurs ailes
L'été ce sont de grands rabbins
Ou bien de vieilles demoiselles
[...]

GUILLAUME APOLLINAIRE (1880-1918)
Le recueil *Alcools* rassemble des poèmes d'inspiration très
diverse. Aux grands thèmes de l'amour et de la fuite du temps
chers aux romantiques, se mêlent des textes pleins de fantaisie et des images-chocs qui ouvrent la voie de la modernité.

# Le pont Mirabeau

*Alcools*

Sous le pont Mirabeau
  coule la Seine
Et nos amours
Faut-il qu'il m'en souvienne
La joie venait toujours
  après la peine

Vienne la nuit sonne
  l'heure
Les jours s'en vont je
  demeure

Les mains dans les mains
  restons face à face
Tandis que sous
Le pont de nos bras passe
Des éternels regards l'onde
  si lasse

Vienne la nuit sonne
  l'heure
Les jours s'en vont je
  demeure

L'amour s'en va comme
  cette eau courante
L'amour s'en va
Comme la vie est lente
Et comme l'espérance est
  violente

Vienne la nuit sonne
  l'heure
Les jours s'en vont je
  demeure

Passent les jours et passent
  les semaines
Ni temps passé
Ni les amours reviennent
Sous le pont Mirabeau
  coule la Seine

Vienne la nuit sonne
  l'heure
Les jours s'en vont je
  demeure

GUILLAUME APOLLINAIRE (1880-1918)
1912 : l'aquarelliste Marie Laurencin, avec
laquelle l'auteur de *La Chanson du mal aimé*
a vécu une heureuse liaison de cinq années,
s'éloigne de lui. Cette rupture lui inspire
cette complainte, mélancolique et tendre.

# Le lycée

# Que sont mes amis devenus…

*La Complainte de Rutebeuf*

Que sont mes amis
    devenus
Que j'avais de si près
    tenus
Et tant aimés ?
Je crois qu'ils sont trop
    clairsemés ;
Faute de les avoir
    entretenus,
Je les ai perdus.
De tels amis m'ont fait
    du mal
Car jamais, tant que
    Dieu m'affligea,
De tous côtés,
Je n'en vis un seul dans
    ma maison.
Je crois que le vent les
    a emportés.
L'amitié est morte.
Ce sont amis que vent
    emporte,

Et il ventait devant
    ma porte ;
Ainsi le vent les emporta,
Si bien qu'aucun ne me
    réconforta,
Ni ne m'apporta un peu
    de son bien ;
Ceci m'apprend que
Le peu de bien qu'on a,
    un ami le prend ;
Mais il se repent trop tard,
Celui qui a mis en jeu
Son bien pour se faire
    des amis,
Quand il ne les trouve ni
    entièrement, ni à demi,
Prêts à le secourir.
Désormais je laisserai
    courir Dame Fortune
Et je m'efforcerai de me
    tirer d'affaire
Si je le peux.

RUTEBEUF (1230-1285)
Jongleur et trouvère, Rutebeuf composa
des poèmes dramatiques, satiriques et
allégoriques, des fabliaux et des chansons
lyriques. Cette complainte, sans doute
largement autobiographique, fut mise en
musique par différents compositeurs.

# Ballade des dames du temps jadis

*Le Testament*

Dites-moi où, n'en quel pays,
Est Flora la belle Romaine,
Archipiades, ne Thaïs,
Qui fut sa cousine germaine,
Écho, parlant quand bruit on mène
Dessus rivière ou sur étang,
Qui beauté eut trop plus qu'humaine ?
Mais où sont les neiges d'antan ?

Où est la très sage Héloïs,
Pour qui fut châtré et puis moine
Pierre Abélard à Saint-Denis ?
Pour son amour eut cette essoine.
Semblablement, où est la reine
Qui commanda que Buridan
Fut jeté en un sac en Seine ?
Mais où sont les neiges d'antan ?

La reine Blanche comme lis
Qui chantait à voix de sirène,
Berthe au grand pied, Bietris, Alis,
Haramburgis qui tint le Maine,
Et Jeanne la bonne Lorraine
Qu'Anglais brûlèrent à Rouen ;
Où sont-ils, où, Vierge souveraine ?
Mais où sont les neiges d'antan ?

Prince, n'enquerrez de semaine
Où elles sont, ni de cet an,
Que ce refrain ne vous remaine :
Mais où sont les neiges d'antan ?

FRANÇOIS VILLON (1431-1463)
Étrange destin que celui de ce mauvais garçon de la littérature
qui échappa à plusieurs reprises à la potence pour vols et pour
meurtre et dont on perdit la trace aux alentours de 1463…

# La Ballade des pendus

Frères humains, qui après nous vivez,
N'ayez les cœurs contre nous endurcis,
Car, si pitié de nous pauvres avez,
Dieu en aura plus tôt de vous mercis.
Vous nous voyez ci attachés cinq, six :
Quant à la chair que trop avons nourrie,
Elle est piéça dévorée et pourrie,
Et nous, les os, devenons cendre et poudre.
De notre mal personne ne s'en rie ;
Mais priez Dieu que tous nous veuille absoudre !

Si frères vous clamons, pas n'en devez
Avoir dédain, quoique fûmes occis
Par justice. Toutefois, vous savez
Que tous hommes n'ont pas bon sens rassis.
Excusez-nous, puisque sommes transis,
Envers le fils de la Vierge Marie,
Que sa grâce ne soit pour nous tarie,
Nous préservant de l'infernale foudre.
Nous sommes morts, âme ne nous harie,
Mais priez Dieu que tous nous veuille absoudre !

La pluie nous a débués et lavés,
Et le soleil desséchés et noircis.
Pies, corbeaux nous ont les yeux cavés,
Et arraché la barbe et les sourcils.
Jamais nul temps nous ne sommes assis
Puis çà, puis là, comme le vent varie,
À son plaisir sans cesser nous charrie,
Plus becquetés d'oiseaux que dés à coudre.
Ne soyez donc de notre confrérie ;
Mais priez Dieu que tous nous veuille absoudre !

Prince Jésus, qui sur tous a maistrie,
Garde qu'Enfer n'ait de nous seigneurie :
À lui n'ayons que faire ni que soudre.
Hommes, ici n'a point de moquerie ;
Mais priez Dieu que tous nous veuille absoudre !

FRANÇOIS VILLON (1431-1463)
Condamné à mort, Villon s'attend à être pendu et
compose ce chant funèbre. Le Parlement annula la
sentence mais cette vision d'horreur reste la dernière
œuvre connue de François de Montcorbier (ou des Loges).

# Je vous envoie un bouquet

*Continuation des amours*

Je vous envoie un bouquet que ma main
Vient de trier de ces fleurs épanies ;
Qui ne les eût à ce vêpre cueillies,
Chutes à terre elles fussent demain.

Cela vous soit un exemple certain
Que vos beautés, bien qu'elles soient fleuries,
En peu de temps cherront toutes flétries,
Et, comme fleurs, périront tout soudain.

Le temps s'en va, le temps s'en va, ma dame ;
Las ! le temps, non, mais nous nous en allons,
Et tôt serons étendus sous la lame ;

Et des amours desquelles nous parlons,
Quand serons morts, n'en sera plus nouvelle :
Pour ce aimez-moi, cependant qu'êtes belle.

PIERRE DE RONSARD (1524-1585)
Le recueil – comme sa suite, publiée un an
plus tard – célèbre Marie Dupin, une jeune
paysanne qui a remplacé la riche Cassandre
Salviati – l'inspiratrice des *Odes* publiées en
1550 – dans le cœur du poète.

# Mignonne, allons voir si la rose...

*Odes*

Mignonne, allons voir si la rose
Qui ce matin avait déclose
Sa robe de pourpre au soleil,
A point perdu cette vêprée
Les plis de sa robe pourprée,
Et son teint au vôtre pareil.

Las ! voyez comme en peu d'espace,
Mignonne, elle a dessus la place,
Las, las ses beautés laissé choir !
Ô vraiment marâtre Nature,
Puisqu'une telle fleur ne dure
Que du matin jusques au soir !

Donc, si vous me croyez, mignonne,
Tandis que votre âge fleuronne
En sa plus verte nouveauté,
Cueillez, cueillez votre jeunesse :
Comme à cette fleur, la vieillesse
Fera ternir votre beauté.

PIERRE DE RONSARD (1524-1585)
Dès sa première publication, en 1553,
ce poème connut un succès immédiat
et fut rapidement mis en musique.
Modèle de perfection, ce texte ne fut
jamais retouché par son auteur, au cours
de ses rééditions successives.

# Consolation à M. Du Périer
# sur la mort de sa fille

Ta douleur, Du Périer, sera donc éternelle,
Et les tristes discours
Que te met en l'esprit l'amitié paternelle
L'augmenteront toujours ?

Le malheur de ta fille au tombeau descendue
Par un commun trépas,
Est-ce quelque dédale, où ta raison perdue
Ne se retrouve pas ?

Je sais de quels appas son enfance était pleine,
Et n'ai pas entrepris,
Injurieux ami, de soulager ta peine
Avecque son mépris.

Mais elle était du monde, où les plus belles choses
Ont le pire destin ;
Et rose elle a vécu ce que vivent les roses,
L'espace d'un matin.

Puis quand ainsi serait, que selon ta prière,
Elle aurait obtenu
D'avoir en cheveux blancs terminé sa carrière,
Qu'en fût-il advenu ?

Penses-tu que, plus vieille, en la maison céleste
Elle eût eu plus d'accueil ?
Ou qu'elle eût moins senti la poussière funeste
Et les vers du cercueil ?

Non, non, mon Du Périer, aussitôt que la Parque
Ôte l'âme du corps,
L'âge s'évanouit au-deçà de la barque,
Et ne suit point les morts...

[...]

FRANÇOIS DE MALHERBE (1555-1628)
Pour lutter contre l'influence de la poésie italienne qu'il
jugeait inutilement compliquée, Malherbe prôna le
retour à une tradition française qui privilégie la rigueur
de la pensée et la précision de la langue.

# Tartuffe à Elmire

*Le Tartuffe* (acte III, scène 3)


Ah ! pour être dévot, je n'en suis pas moins
   homme ;
Et lorsqu'on vient à voir vos célestes appas,
Un cœur se laisse prendre et ne raisonne pas.
Je sais qu'un tel discours de moi paraît étrange ;
Mais, madame, après tout, je ne suis pas un ange ;
Et si vous condamnez l'aveu que je vous fais,
Vous devez vous en prendre à vos charmants
   attraits.
Dès que j'en vis briller la splendeur plus
   qu'humaine,
De mon intérieur vous fûtes souveraine ;
De vos regards divins l'ineffable douceur
Força la résistance où s'obstinait mon cœur ;
Elle surmonta tout, jeûnes, prières, larmes,
Et tourna tous mes vœux du côté de vos charmes.
Mes yeux et mes soupirs vous l'ont dit mille fois,
Et pour mieux m'expliquer j'emploie ici la voix.
Que si vous contemplez d'une âme un peu
   bénigne
Les tribulations de votre esclave indigne,
S'il faut que vos bontés veuillent me consoler
Et jusqu'à mon néant daignent se ravaler,
J'aurai toujours pour vous, ô suave merveille,

Une dévotion à nulle autre pareille.
Votre honneur avec moi ne court point de hasard
Et n'a nulle disgrâce à craindre de ma part.
Tous ces galants de cour dont les femmes sont
    folles
Sont bruyants dans leurs faits et vains dans leurs
    paroles ;
De leurs progrès sans cesse on les voit se targuer ;
Ils n'ont point de faveurs qu'ils n'aillent divulguer,
Et leur langue indiscrète, en qui l'on se confie,
Déshonore l'autel où leur cœur sacrifie.
Mais les gens comme nous brûlent d'un feu discret
Avec qui pour toujours on est sûr du secret.
Le soin que nous prenons de notre renommée
Répond de toute chose à la personne aimée,
Et c'est en nous qu'on trouve, acceptant notre
    cœur,
De l'amour sans scandale et du plaisir sans peur.

MOLIÈRE (1622–1673)
Par deux fois, la « cabale des dévots » obligea Molière à
remanier sa pièce qui dénonce le vice affublé du masque
de la religion. Mais le soutien du roi Louis XIV, sous la
forme de gratifications financières et de commandes de
divertissements pour la cour, ne lui fit jamais défaut.

# Dom Juan, à son valet Sganarelle

*Dom Juan* (acte I, scène 2)

Quoi ! Tu veux qu'on se lie à demeurer au premier objet qui nous prend, qu'on renonce au monde pour lui, et qu'on n'ait plus d'yeux pour personne ? La belle chose de vouloir se piquer d'un faux honneur d'être fidèle, de s'ensevelir pour toujours dans une passion, et d'être mort dès sa jeunesse à toutes les autres beautés qui nous peuvent frapper les yeux ! Non, non, la constance n'est bonne que pour des ridicules ; toutes les belles ont droit de nous charmer, et l'avantage d'être rencontrée la première ne doit point dérober aux autres les justes prétentions qu'elles ont toutes sur nos cœurs. Pour moi, la beauté me ravit partout où je la trouve, et je cède facilement à cette douce violence dont elle nous entraîne. J'ai beau être engagé, l'amour que j'ai pour une belle n'engage point mon âme à faire injustice aux autres ; je conserve des yeux pour voir le mérite de toutes, et rends à chacune les hommages et les tributs où la nature nous oblige. Quoi qu'il en soit, je ne puis refuser mon cœur à tout ce que je vois d'aimable ; et dès qu'un beau visage me le demande, si j'en avais dix mille, je les donnerais tous. Les inclinations naissantes, après tout, ont des charmes inexplicables, et tout le plaisir de l'amour est dans le changement. On goûte une douceur extrême à réduire par cent hommages le cœur d'une jeune beauté, à voir de jour en jour les petits progrès qu'on y fait, à combattre par des transports, par des larmes et des soupirs, l'innocente pudeur d'une âme qui a peine à rendre les armes, à forcer pied à pied toutes les petites résistances qu'elle nous oppose, à vaincre les scrupules dont elle se fait un honneur et la mener doucement où nous avons envie de la faire venir. Mais lorsqu'on en est maître une fois, il n'y a plus rien à dire ni rien à souhaiter ; tout le beau de la passion est fini, et nous nous endormons dans la tranquillité d'un tel amour, si quelque objet nouveau ne vient réveiller nos désirs, et présenter à notre cœur les charmes attrayants d'une conquête à faire. Enfin, il n'est rien de si doux que de triompher de la résistance d'une belle personne, et j'ai sur ce sujet l'ambition des conquérants, qui volent perpétuellement de victoire en victoire, et ne peuvent se résoudre à borner leurs souhaits. Il n'est rien qui puisse arrêter l'impétuosité de mes désirs : je me sens un cœur à aimer toute la terre ; et comme Alexandre, je souhaiterais qu'il y eût d'autres mondes, pour y pouvoir étendre mes conquêtes amoureuses.

MOLIÈRE (1622–1673)
Le parti dévot obtint l'interdiction de *Dom Juan* après
une quinzaine de représentations. L'Espagnol Tirso de
Molina avait popularisé le personnage du séducteur dans
*L'Abuseur de Séville et l'Invité de pierre*, une pièce que
Molière découvrit au travers de ses adaptations françaises.

# Quand vous serez bien vieille...

*Sonnets pour Hélène*

Quand vous serez bien vieille, au soir, à la
   chandelle,
Assise auprès du feu, dévidant et filant,
Direz, chantant mes vers, et vous émerveillant :
« Ronsard me célébrait du temps que j'étais
   belle ! »

Lors, vous n'aurez servante, oyant telle nouvelle,
Déjà sous le labeur à demi sommeillant,
Qui, au bruit de Ronsard, ne s'aille s'éveillant,
Bénissant votre nom de louange immortelle.

Je serai sous la terre, et, fantôme sans os,
Par les ombres myrteux je prendrai mon repos :
Vous serez au foyer une vieille accroupie,

Regrettant mon amour et votre fier dédain.
Vivez, si m'en croyez, n'attendez à demain ;
Cueillez dès aujourd'hui les roses de la vie.

PIERRE DE RONSARD (1524-1585)
Variation sur le *carpe diem* du poète latin
Horace  – qui incite à jouir de la vie
pendant qu'il est temps – ce sonnet s'inscrit
dans la lignée des poèmes du chantage
amoureux, veine qu'illustrèrent plus tard
Racine et Voltaire.

# Tirade d'Harpagon

*L'Avare* (acte IV, scène 7)

HARPAGON. (*Il crie au voleur dès le jardin, et vient
sans chapeau.*)
Au voleur ! au voleur ! à l'assassin ! au
meurtrier ! Justice, juste ciel ! Je suis perdu, je
suis assassiné ! On m'a coupé la gorge, on m'a
dérobé mon argent ! Qui peut-ce être ? Qu'est-il
devenu ? où est-il ? où se cache-t-il ? Que ferai-je
pour le trouver ? Où courir ? où ne pas courir ?
N'est-il point là ? n'est-il point ici ? Qui est-ce ?
Arrête ! (*Il se prend lui-même le bras.*)
Rends-moi mon argent, coquin !... Ah ! c'est
moi. Mon esprit est troublé, et j'ignore où je suis,
qui je suis, et ce que je fais. Hélas ! mon pauvre
argent, mon pauvre argent, mon cher ami, on
m'a privé de toi ! Et, puisque tu m'es enlevé,
j'ai perdu mon support, ma consolation, ma joie ;
tout est fini pour moi, et je n'ai plus que faire
au monde ! Sans toi, il m'est impossible de vivre.
C'en est fait, je n'en puis plus, je me meurs, je
suis mort, je suis enterré ! N'y a-t-il personne
qui veuille me ressusciter en me rendant mon
cher argent, ou en m'apprenant qui l'a pris ?
Euh ! que dites-vous ?
Ce n'est personne. Il faut, qui que ce soit qui ait
fait le coup, qu'avec beaucoup de soin on ait épié

l'heure ; et l'on a choisi justement le temps que je parlais à mon traître de fils. Sortons. Je veux aller quérir la justice et faire donner la question à toute ma maison : à servantes, à valets, à fils, à fille, et à moi aussi. Que de gens assemblés ! Je ne jette mes regards sur personne qui ne me donne des soupçons, et tout me semble mon voleur. Eh ! de quoi est-ce qu'on parle là ? de celui qui m'a dérobé ? Quel bruit fait-on là-haut ? Est-ce mon voleur qui y est ? De grâce, si l'on sait des nouvelles de mon voleur, je supplie que l'on m'en dise. N'est-il point caché là parmi vous ? Ils me regardent tous et se mettent à rire. Vous verrez qu'ils ont part, sans doute, au vol que l'on m'a fait. Allons, vite, des commissaires, des archers, des prévôts, des juges, des gênes, des potences et des bourreaux ! Je veux faire pendre tout le monde ; et, si je ne retrouve mon argent, je me pendrai moi-même après !

MOLIÈRE (1622-1673)
Une année faste ! En 1668, Molière donne
*Amphitryon*, une pièce en prose imitée de la
comédie latine, *Georges Dandin*, une farce pour
les fêtes de Versailles, et un chef-d'œuvre,
*L'Avare*, également inspiré de Plaute.

# ... de fuir dans un désert l'approche des humains

*Le Misanthrope* (acte I, scène 1)

ALCESTE
Non, elle est générale, et je hais tous les hommes,
Les uns parce qu'ils sont méchants et malfaisants,
Et les autres pour être aux méchants complaisants,
Et n'avoir pas pour eux ces haines vigoureuses
Que doit donner le vice aux âmes vertueuses.
De cette complaisance on voit l'injuste excès
Pour le franc scélérat avec qui j'ai procès ;
Au travers de son masque on voit à plein le
    traître,
Partout il est connu pour tout ce qu'il peut être,
Et ses roulements d'yeux et son ton radouci
N'imposent qu'à des gens qui ne sont point d'ici.
On sait que ce pied plat, digne qu'on le confonde,
Par de sales emplois s'est poussé dans le monde,
Et que par eux son sort, de splendeur revêtu,
Fait gronder le mérite et rougir la vertu.
Quelques titres honteux qu'en tous lieux on lui
    donne,
Son misérable honneur ne voit pour lui personne ;
Nommez-le fourbe, infâme et scélérat maudit,
Tout le monde en convient et nul n'y contredit.

Cependant sa grimace est partout bien venue ;
On l'accueille, on lui rit, partout il s'insinue,
Et, s'il est, par la brigue, un rang à disputer,
Sur le plus honnête homme on le voit l'emporter.
Têtebleu ! ce me sont de mortelles blessures
De voir qu'avec le vice on garde des mesures,
Et parfois il me prend des mouvements soudains
De fuir dans un désert l'approche des humains.
[…]

MOLIÈRE (1622-1673)
Philinte prend la vie comme elle va et les
hommes comme ils sont. Patiemment, il
tente de modérer l'aversion de son ami
Alceste pour le genre humain. Sans succès…

# Phèdre, à sa nourrice Œnone

*Phèdre* (acte I, scène 3)

Mon mal vient de plus loin. À peine au fils d'Égée
Sous les lois de l'hymen je m'étais engagée,
Mon repos, mon bonheur semblait s'être affermi,
Athènes me montra mon superbe ennemi.
Je le vis, je rougis, je pâlis à sa vue ;
Un trouble s'éleva dans mon âme éperdue ;
Mes yeux ne voyaient plus, je ne pouvais parler ;
Je sentis tout mon corps et transir et brûler.
Je reconnus Vénus et ses feux redoutables,
D'un sang qu'elle poursuit tourments inévitables.
Par des vœux assidus je crus les détourner :
Je lui bâtis un temple, et pris soin de l'orner ;
De victimes moi-même à toute heure entourée,
Je cherchais dans leurs flancs ma raison égarée,
D'un incurable amour remèdes impuissants !
En vain sur les autels ma main brûlait l'encens :
Quand ma bouche implorait le nom de la Déesse,
J'adorais Hippolyte ; et le voyant sans cesse,
Même au pied des autels que je faisais fumer,
J'offrais tout à ce Dieu que je n'osais nommer.
Je l'évitais partout. Ô comble de misère !
Mes yeux le retrouvaient dans les traits de son père.
Contre moi-même enfin j'osai me révolter :
J'excitai mon courage à le persécuter.

Pour bannir l'ennemi dont j'étais idolâtre,
J'affectai les chagrins d'une injuste marâtre ;
Je pressai son exil, et mes cris éternels
L'arrachèrent du sein et des bras paternels.
Je respirais, Œnone, et depuis son absence,
Mes jours moins agités coulaient dans l'innocence.
Soumise à mon époux, et cachant mes ennuis,
De son fatal hymen je cultivais les fruits.
Vaines précautions ! Cruelle destinée !
Par mon époux lui-même à Trézène amenée,
J'ai revu l'ennemi que j'avais éloigné :
Ma blessure trop vive a aussitôt saigné,
Ce n'est plus une ardeur dans mes veines cachée :
C'est Vénus tout entière à sa proie attachée.
J'ai conçu pour mon crime une juste terreur ;
J'ai pris la vie en haine, et ma flamme en horreur.
Je voulais en mourant prendre soin de ma gloire,
Et dérober au jour une flamme si noire :
Je n'ai pu soutenir tes larmes, tes combats ;
Je t'ai tout avoué ; je ne m'en repens pas,
Pourvu que de ma mort respectant les approches,
Tu ne m'affliges plus par d'injustes reproches,
Et que tes vains secours cessent de rappeler
Un reste de chaleur tout prêt à s'exhaler.

JEAN RACINE (1639–1699)
« … Phèdre n'est ni tout à fait coupable, ni tout à fait
innocente. Elle est engagée par sa destinée, et par
la colère des Dieux, dans une passion illégitime dont
elle a horreur toute la première. »
(Racine, préface de *Phèdre*.)

# Andromaque à Hermione

*Andromaque* (acte III, scène 4)

Où fuyez-vous, Madame ?
N'est-ce point à vos yeux un spectacle assez doux
Que la veuve d'Hector pleurante à vos genoux ?
Je ne viens point ici, par de jalouses larmes,
Vous envier un cœur qui se rend à vos charmes.
Par une main cruelle, hélas ! J'ai vu percer
Le seul où mes regards prétendaient s'adresser.
Ma flamme par Hector fut jadis allumée ;
Avec lui dans la tombe elle s'est enfermée.
Mais il me reste un fils. Vous saurez quelque jour,
Madame, pour un fils jusqu'où va notre amour ;
Mais vous ne saurez pas, du moins je le souhaite,
En quel trouble mortel son intérêt nous jette,
Lorsque de tant de biens qui pouvaient nous flatter,
C'est le seul qui nous reste, et qu'on veut nous l'ôter.
Hélas ! Lorsque, lassés de dix ans de misère,
Les Troyens en courroux menaçaient votre mère,
J'ai su de mon Hector lui procurer l'appui.
Vous pouvez sur Pyrrhus ce que j'ai pu sur lui.
Que craint-on d'un enfant qui survit à sa perte ?
Laissez-moi le cacher en quelque île déserte.
Sur les soins de sa mère on peut s'en assurer,
Et mon fils avec moi n'apprendra qu'à pleurer.

JEAN RACINE (1639-1699)
« Tout est adversaire, tout est ennemi aux personnages de Racine,
ils sont tous ennemis les uns des autres et ils ne parlent jamais que
pour mettre l'adversaire dans son tort et ainsi justifier d'avance les
cruautés qu'ils exerceront sur lui [...] » Charles Péguy

# La Jeune Captive

*Odes*

L'épi naissant mûrit de la faux respecté ;
Sans crainte du pressoir, le pampre tout l'été
Boit les doux présents de l'aurore ;
Et moi, comme lui belle, et jeune comme lui,
Quoi que l'heure présente ait de trouble et
    d'ennui,
Je ne veux point mourir encore.

Qu'un stoïque aux yeux secs vole embrasser la
    mort :
Moi je pleure et j'espère. Au noir souffle du nord
Je plie et relève la tête.
S'il est des jours amers, il en est de si doux !
Hélas ! quel miel jamais n'a laissé de dégoûts ?
Quelle mer n'a point de tempête ?

L'illusion féconde habite dans mon sein.
D'une prison sur moi les murs pèsent en vain.
J'ai les ailes de l'espérance.
Echappée aux réseaux de l'oiseleur cruel,
Plus vive, plus heureuse, aux campagnes du ciel
Philomène chante et s'élance.

Est-ce à moi de mourir ? Tranquille je m'endors,
Et tranquille je veille ; et ma veille aux remords
Ni mon sommeil ne sont en proie.
Ma bienvenue au jour me rit dans tous les yeux ;
Sur des fronts abattus, mon aspect dans ces lieux
Ranime presque de la joie.


Mon beau voyage encore est si loin de sa fin !
Je pars, et des ormeaux qui bordent le chemin
J'ai passé les premiers à peine,
Au banquet de la vie à peine commencé,
Un instant seulement mes lèvres ont pressé
La coupe en mes mains encor pleine.


Je ne suis qu'au printemps. Je veux voir la
        moisson ;
Et comme le soleil, de saison en saison,
Je veux achever mon année.
Brillante sur ma tige et l'honneur du jardin,
Je n'ai vu luir encor que les feux du matin ;
Je veux achever ma journée.


Ô mort ! tu peux attendre ; éloigne, éloigne-toi ;
Va consoler les cœurs que la honte, l'effroi,
Le pâle désespoir dévore.
Pour moi Palès encore a des asiles verts,
Les Amours des baisers, les Muses des concerts.
Je ne veux point mourir encore.

Ainsi, triste et captif, ma lyre toutefois
S'éveillait, écoutant ces plaintes, cette voix,
Ces vœux d'une jeune captive ;
Et secouant le faix de mes jours languissants,
Aux douces lois des vers je pliais les accents
De sa bouche aimable et naïve.


Ces chants, de ma prison témoins harmonieux,
Feront à quelque amant des loisirs studieux
Chercher quelle fut cette belle :
La grâce décorait son front et son discours,
Et comme elle craindront de voir finir leurs jours
Ceux qui les passeront près d'elle.

ANDRÉ CHÉNIER (1762-1794)
Incarcéré à la prison de Saint-Lazare, Chénier s'attendrit
sur le sort d'Aimée de Coigny, duchesse de Fleury.
Contrairement au poète, l'inspiratrice de cette ode à la vie
et à l'espoir échappa de justesse à la guillotine.

# Le Vallon

*Méditations poétiques*

Mon cœur, lassé de tout, même de l'espérance,
N'ira plus de ses vœux importuner le sort ;
Prêtez-moi seulement, vallon de mon enfance,
Un asile d'un jour pour attendre la mort.

Voici l'étroit sentier de l'obscure vallée :
Du flanc de ces coteaux pendent des bois épais,
Qui, courbant sur mon front leur ombre
    entremêlée,
Me couvrent tout entier de silence et de paix.

Là, deux ruisseaux cachés sous des ponts de
    verdure
Tracent en serpentant les contours du vallon :
Ils mêlent un moment leur onde et leur murmure,
Et non loin de leur source ils se perdent sans nom.

La source de mes jours comme eux s'est écoulée :
Elle a passé sans bruit, sans nom et sans retour ;
Mais leur onde est limpide, et mon âme troublée
N'aura pas réfléchi les clartés d'un beau jour.

La fraîcheur de leurs lits, l'ombre qui les couronne,
M'enchaînent tout le jour sur les bords des
    ruisseaux,
Comme un enfant bercé par un chant monotone,
Mon âme s'assoupit au murmure des eaux.

Ah ! c'est là qu'entouré d'un rempart de verdure,
D'un horizon borné qui suffit à mes yeux,
J'aime à fixer mes pas, et, seul dans la nature,
À n'entendre que l'onde, à ne voir que les cieux.

J'ai trop vu, trop senti, trop aimé dans ma vie ;
Je viens chercher vivant le calme du Léthé.
Beaux lieux, soyez pour moi ces bords où l'on
   oublie :
L'oubli seul désormais est ma félicité.

Mon cœur est en repos, mon âme est en silence ;
Le bruit lointain du monde expire en arrivant,
Comme un son éloigné qu'affaiblit la distance,
À l'oreille incertaine apporté par le vent.

D'ici je vois la vie, à travers un nuage,
S'évanouir pour moi dans l'ombre du passé ;
L'amour seul est resté, comme une grande image
Survit seule au réveil dans un songe effacé.

Repose-toi, mon âme, en ce dernier asile,
Ainsi qu'un voyageur qui, le cœur plein d'espoir,
S'assied, avant d'entrer, aux portes de la ville,
Et respire un moment l'air embaumé du soir.

Comme lui, de nos pieds secouons la poussière ;
L'homme par ce chemin ne repasse jamais ;
Comme lui, respirons au bout de la carrière
Ce calme avant-coureur de l'éternelle paix.

Tes jours, sombres et courts comme les jours
   d'automne,
Déclinent comme l'ombre au penchant des
   coteaux ;
L'amitié te trahit, la pitié t'abandonne,
Et, seule, tu descends le sentier des tombeaux.

Mais la nature est là qui t'invite et qui t'aime ;
Plonge-toi dans son sein qu'elle t'ouvre toujours :
Quand tout change pour toi, la nature est la même,
Et le même soleil se lève sur tes jours.

De lumière et d'ombrage elle t'entoure encore :
Détache ton amour des faux biens que tu perds ;
Adore ici l'écho qu'adorait Pythagore,
Prête avec lui l'oreille aux célestes concerts.

Suis le jour dans le ciel, suis l'ombre sur la terre ;
Dans les plaines de l'air, vole avec l'aquilon ;
Avec le doux rayon de l'astre du mystère
Glisse à travers les bois dans l'ombre du vallon.

Dieu, pour le concevoir, a fait l'intelligence :
Sous la nature enfin découvre son auteur !
Une voix à l'esprit parle dans son silence :
Qui n'a pas entendu cette voix dans son cœur ?

ALPHONSE DE LAMARTINE (1790-1869)
Julie Charles inspira longtemps Lamartine et les élégies
amoureuses du recueil *Méditations poétiques* cultivent
le souvenir des jours heureux et la douleur suscitée
par sa mort. En juin 1820, le poète épousa
Mary-Ann Birch, belle, anglaise et fortunée.

# La Mort du loup

*Les Destinées*

I
Les nuages couraient sur la lune enflammée
Comme sur l'incendie on voit fuir la fumée,
Et les bois étaient noirs jusques à l'horizon.
Nous marchions sans parler, dans l'humide gazon,
Dans la bruyère épaisse, et dans les hautes
    brandes,
Lorsque, sous des sapins pareils à ceux des Landes,
Nous avons aperçu les grands ongles marqués
Par les loups voyageurs que nous avions traqués.
Nous avons écouté, retenant notre haleine
Et le pas suspendu. – Ni le bois, ni la plaine
Ne poussait un soupir dans les airs ; seulement
La girouette en deuil criait au firmament ;
Car le vent, élevé bien au-dessus des terres,
N'effleurait de ses pieds que les tours solitaires,
Et les chênes d'en bas, contre les rocs penchés,
Sur leurs coudes semblaient endormis et couchés.
Rien ne bruissait donc, lorsque baissant la tête,
Le plus vieux des chasseurs qui s'étaient mis en
    quête
A regardé le sable en s'y couchant ; bientôt,
Lui que jamais ici on ne vit en défaut,
A déclaré tout bas que ces marques récentes

Annonçaient la démarche et les griffes puissantes
De deux grands loups-cerviers et de deux
   louveteaux.
Nous avons tous alors préparé nos couteaux,
Et, cachant nos fusils et leurs lueurs trop blanches,
Nous allions pas à pas en écartant les branches.
Trois s'arrêtent, et moi, cherchant ce qu'ils
   voyaient,
J'aperçois tout à coup deux yeux qui flamboyaient,
Et je vois au-delà quatre formes légères
Qui dansaient sous la lune au milieu des bruyères,
Comme font chaque jour, à grand bruit sous nos
   yeux,
Quand le maître revient, les lévriers joyeux.
Leur forme était semblable et semblable la danse ;
Mais les enfants du loup se jouaient en silence,
Sachant bien qu'à deux pas, ne dormant qu'à
   demi,
Se couche dans ses murs, l'homme, leur ennemi.
Le père était debout, et plus loin, contre un
   arbre,
Sa louve reposait comme celle de marbre
Qu'adoraient les Romains, et dont les flancs velus
Couvaient les demi-dieux Rémus et Romulus.
Le loup vient et s'assied, les deux jambes dressées,
Par leurs ongles crochus dans le sable enfoncées.
Il s'est jugé perdu, puisqu'il était surpris,
Sa retraite coupée et tous ses chemins pris,
Alors il a saisi, dans sa gueule brûlante,
Du chien le plus hardi la gorge pantelante,
Et n'a pas desserré ses mâchoires de fer,

Malgré nos coups de feu, qui traversaient sa chair,
Et nos couteaux aigus qui, comme des tenailles,
Se croisaient en plongeant dans ses larges
    entrailles,
Jusqu'au dernier moment où le chien étranglé,
Mort longtemps avant lui, sous ses pieds a roulé.
Le loup le quitte alors et puis il nous regarde.
Les couteaux lui restaient au flanc jusqu'à la
    garde,
Le clouaient au gazon tout baigné dans son sang ;
Nos fusils l'entouraient en sinistre croissant.
Il nous regarde encore, ensuite il se recouche,
Tout en léchant le sang répandu sur sa bouche,
Et, sans daigner savoir comment il a péri,
Refermant ses grands yeux, meurt sans jeter un
    cri.

II
J'ai reposé mon front sur mon fusil sans poudre,
Me prenant à penser, et n'ai pu me résoudre
À poursuivre sa Louve et ses fils qui, tous trois,
Avaient voulu l'attendre, et, comme je le crois,
Sans ses deux louveteaux, la belle et sombre
    veuve
Ne l'eût pas laissé seul subir la grande épreuve ;
Mais son devoir était de les sauver, afin
De pouvoir leur apprendre à bien souffrir la faim,
À ne jamais entrer dans le pacte des villes,
Que l'homme a fait avec les animaux serviles
Qui chassent devant lui, pour avoir le coucher,
Les premiers possesseurs du bois et du rocher.

## III

Hélas ! ai-je pensé, malgré ce grand nom
  d'hommes,
Que j'ai honte de nous, débiles que nous sommes !
Comment on doit quitter la vie et tous ses maux,
C'est vous qui le savez, sublimes animaux.
À voir ce que l'on fut sur terre et ce qu'on laisse,
Seul le silence est grand ; tout le reste est faiblesse.
– Ah ! je t'ai bien compris, sauvage voyageur,
Et ton dernier regard m'est allé jusqu'au cœur.
Il disait : « Si tu peux, fais que ton âme arrive,
À force de rester studieuse et pensive,
Jusqu'à ce haut degré de stoïque fierté
Où, naissant dans les bois, j'ai tout d'abord monté.
Gémir, pleurer, prier est également lâche.
Fais énergiquement ta longue et lourde tâche
Dans la voie où le sort a voulu t'appeler,
Puis, après, comme moi, souffre et meurs sans
  parler. »

Alfred de Vigny (1797-1863)
Vigny compose ce poème, en octobre 1838, dans la
solitude de son domaine du Maine-Giraud, au sortir
de rudes épreuves : la mort de sa mère et sa rupture
avec l'actrice Marie Dorval. Il se réfugie alors dans
l'exaltation de l'isolement et prône le stoïcisme.

ALPHONSE DE LAMARTINE

# Milly ou la Terre natale

*Harmonies poétiques et religieuses*

Pourquoi le prononcer ce nom de la patrie ?
Dans son brillant exil mon cœur en a frémi ;
Il résonne de loin dans mon âme attendrie,
Comme les pas connus ou la voix d'un ami.

Montagnes que voilait le brouillard de l'automne,
Vallons que tapissait le givre du matin,
Saules dont l'émondeur effeuillait la couronne,
Vieilles tours que le soir dorait dans le lointain,

Murs noircis par les ans, coteaux, sentier rapide,
Fontaine où les pasteurs accroupis tour à tour
Attendaient goutte à goutte une eau rare et limpide,
Et, leur urne à la main, s'entretenaient du jour,

Sommets où le soleil brillait avant l'aurore,
Prés où l'ombre du ciel glissait avant la nuit,
Airs champêtres qu'au loin roulait l'écho sonore,
Ruisseau dont le moulin multipliait le bruit,

Chaumière où du foyer étincelait la flamme,
Toit que le pèlerin aimait à voir fumer,
Objets inanimés, avez-vous donc une âme
Qui s'attache à notre âme et la force d'aimer ?...

ALPHONSE DE LAMARTINE (1790-1869)
La nature laissa longtemps Lamartine indifférent. Celui
que ses amis nommaient « l'éternel ennuyé de Milly »
rêva de longues années d'échapper au berceau familial
bourguignon où la seule distraction consistait à « manger
des châtaignes en buvant du vin de Prissé ».

# Le Cor

*Poèmes antiques et modernes*

I

J'aime le son du Cor, le soir, au fond des bois,
Soit qu'il chante les pleurs de la biche aux abois,
Ou l'adieu du chasseur que l'écho faible accueille,
Et que le vent du nord porte de feuille en feuille.

Que de fois, seul, dans l'ombre à minuit
  demeuré,
J'ai souri de l'entendre, et plus souvent pleuré !
Car je croyais ouïr de ces bruits prophétiques
Qui précédaient la mort des Paladins antiques.

Ô montagne d'azur ! ô pays adoré !
Rocs de la Frazona, cirque du Marboré,
Cascades qui tombez des neiges entraînées,
Sources, gaves, ruisseaux, torrents des Pyrénées ;

Monts gelés et fleuris, trône des deux saisons,
Dont le front est de glace et le pied de gazons !
C'est là qu'il faut s'asseoir, c'est là qu'il faut
  entendre
Les airs lointains d'un Cor mélancolique et
  tendre.

Souvent un voyageur, lorsque l'air est sans bruit,
De cette voix d'airain fait retentir la nuit ;
À ses chants cadencés autour de lui se mêle
L'harmonieux grelot du jeune agneau qui bêle.

Une biche attentive, au lieu de se cacher,
Se suspend immobile au sommet du rocher,
Et la cascade unit, dans une chute immense,
Son éternelle plainte au chant de la romance.

Âmes des Chevaliers, revenez-vous encor ?
Est-ce vous qui parlez avec la voix du Cor ?
Roncevaux ! Roncevaux ! dans ta sombre vallée
L'ombre du grand Roland n'est donc pas
    consolée !


II
Tous les preux étaient morts, mais aucun n'avait
    fui.
Il reste seul debout, Olivier près de lui ;
L'Afrique sur les monts l'entoure et tremble
    encore.
« Roland, tu vas mourir, rends-toi, criait le More ;

Tous tes pairs sont couchés dans les eaux des
    torrents. »
Il rugit comme un tigre, et dit : « Si je me rends,
Africain, ce sera lorsque les Pyrénées
Sur l'onde avec leurs corps rouleront entraînées.

– Rends-toi donc, répond-il, ou meurs, car les
      voilà. »
Et du plus haut des monts un grand rocher roula.
Il bondit, il roula jusqu'au fond de l'abîme,
Et de ses pins, dans l'onde, il vint briser la cime.

« Merci, cria Roland ; tu m'as fait un chemin. »
Et jusqu'au pied des monts le roulant d'une
      main,
Sur le roc affermi comme un géant s'élance,
Et, prête à fuir, l'armée à ce seul pas balance.


III
Tranquilles cependant, Charlemagne et ses preux
Descendaient la montagne et se parlaient entre
      eux.
À l'horizon déjà, par leurs eaux signalées,
De Luz et d'Argelès se montraient les vallées.
[...]

Alfred de Vigny (1797-1863)
Les *Poèmes antiques et modernes* sont répartis en trois
volumes : *Le Livre mystique, Le Livre antique, le Livre moderne*.
*Le Cor* témoigne de l'inspiration médiévale du troisième livre.

# La Maison du berger

*Les Destinées*

[...] Pars courageusement, laisse toutes les villes ;
Ne ternis plus tes pieds aux poudres du chemin ;
Du haut de nos pensers vois les cités serviles
Comme les rocs fatals de l'esclavage humain.
Les grands bois et les champs sont de vastes
    asiles,
Libres comme la mer autour des sombres îles.
Marche à travers les champs une fleur à la main.

La Nature t'attend dans un silence austère ;
L'herbe élève à tes pieds son nuage des soirs,
Et le soupir d'adieu du soleil à la terre
Balance les beaux lys comme des encensoirs.
La forêt a voilé ses colonnes profondes,
La montagne se cache, et sur les pâles ondes
Le saule a suspendu ses chastes reposoirs.

Le crépuscule ami s'endort dans la vallée,
Sur l'herbe d'émeraude et sur l'or du gazon,
Sous les timides joncs de la source isolée
Et sous le bois rêveur qui tremble à l'horizon,
Se balance en fuyant dans les grappes sauvages,
Jette son manteau gris sur le bord des rivages,
Et des fleurs de la nuit entrouvre la prison.

Il est sur ma montagne une épaisse bruyère
Où les pas du chasseur ont peine à se plonger,
Qui plus haut que nos fronts lève sa tête altière,
Et garde dans la nuit le pâtre et l'étranger.
Viens y cacher l'amour et ta divine faute ;
Si l'herbe est agitée ou n'est pas assez haute,
J'y roulerai pour toi la Maison du Berger…

ALFRED DE VIGNY (1797-1863)
La composition de ce vaste poème s'étend sur quatre
années et traduit l'évolution du poète enfin arraché
au désespoir des œuvres précédentes. Et c'est dans
la solitude, au sein de la nature, qu'il trouvera
paradoxalement le chemin de la fraternité.

# Le Pélican

*La Nuit de mai*

… Les plus désespérés sont les chants les plus
   beaux
Et j'en sais d'immortels qui sont de purs sanglots.
Lorsque le pélican, lassé d'un long voyage,
Dans les brouillards du soir retourne à ses
   roseaux,
Ses petits affamés courent sur le rivage
En le voyant au loin s'abattre sur les eaux.
Déjà, croyant saisir et partager leur proie,
Ils courent à leur père avec des cris de joie
En secouant leurs becs et leurs goitres hideux.
Lui, gagnant à pas lents une roche élevée,
Pêcheur mélancolique, il regarde les cieux.
Le sang coule à longs flots de sa poitrine ouverte ;
En vain, il a des mers fouillé la profondeur :
L'Océan était vide et la plage déserte ;
Pour toute nourriture il apporte son cœur.
Sombre et silencieux, étendu sur la pierre,
Partageant à ses fils ses entrailles de père,
Dans son amour sublime il berce sa douleur.

Et, regardant couler sa sanglante mamelle,
Sur son festin de mort il s'affaisse et chancelle,
Ivre de volupté, de tendresse et d'horreur.

Mais parfois, au milieu du divin sacrifice,
Fatigué de mourir dans un trop long supplice,
Il craint que ses enfants ne le laissent vivant ;
Alors il se soulève, ouvre son aile au vent,
Et, se frappant le cœur avec un cri sauvage,
Il pousse dans la nuit un si funèbre adieu,
Que les oiseaux de mer désertent le rivage,
Et que le voyageur attardé sur la plage,
Sentant passer la mort, se recommande à Dieu.
Poète, c'est ainsi que font les grands poètes.
Ils laissent s'égayer ceux qui vivent un temps ;
Mais les festins humains qu'ils servent à leurs fêtes
Ressemblent la plupart à ceux des pélicans.
Quand ils parlent ainsi d'espérances trompées,
De tristesse et d'oubli, d'amour et de malheur,
Ce n'est pas un concert à dilater le cœur.
Leurs déclamations sont comme des épées :
Elles tracent dans l'air un cercle éblouissant,
Mais il y pend toujours quelques gouttes de sang.

ALFRED DE MUSSET (1810-1857)
*Le Pélican* appartient à l'ensemble *La Nuit de mai*,
composé en deux nuits et un jour. Cet élan enthousiaste
mit fin à une période de silence et de prostration,
consécutive à la rupture avec George Sand.

# El Desdichado

*Les Chimères*

Je suis le ténébreux, – le veuf, – l'inconsolé,
Le prince d'Aquitaine à la tour abolie :
Ma seule étoile est morte, – et mon luth constellé
Porte le soleil noir de la Mélancolie.

Dans la nuit du tombeau, toi qui m'as consolé,
Rends-moi le Pausilippe et la mer d'Italie,
La fleur qui plaisait tant à mon cœur désolé,
Et la treille où le pampre à la rose s'allie.

Suis-je Amour ou Phébus... ? Lusignan ou Biron ?
Mon front est rouge encor du baiser de la reine ;
J'ai rêvé dans la grotte où nage la sirène...

Et j'ai deux fois vainqueur traversé l'Achéron :
Modulant tour à tour sur la lyre d'Orphée
Les soupirs de la sainte et les cris de la fée.

GÉRARD DE NERVAL (1808-1855)
À la fin de sa vie, Nerval ne connaît plus que
de rares moments de lucidité et, le 26 janvier
1855, on le trouve pendu dans une ruelle
sordide. Quelques mois auparavant, il a publié
*Les Chimères*, un recueil de poèmes largement
consacrés aux révélations que le poète croit
avoir reçues de l'au-delà.

# Fantaisie

*Odelettes*

Il est un air, pour qui je donnerais
Tout Rossini, tout Mozart et tout Weber.
Un air très vieux, languissant et funèbre
Qui pour moi seul a des charmes secrets.

Or chaque fois que je viens à l'entendre
De deux cents ans mon âme rajeunit :
C'est sous Louis treize... et je crois voir s'étendre
Un coteau vert que le couchant jaunit ;

Puis un château de brique à coins de pierre
Aux vitraux teints de rougeâtres couleurs,
Ceint de grands parcs, avec une rivière
Baignant ses pieds, qui coule entre des fleurs ;

Puis une dame à sa haute fenêtre,
Blonde aux yeux noirs, en ses habits anciens,
Que dans une autre existence peut-être,
J'ai déjà vue ! et dont je me souviens !

GÉRARD DE NERVAL (1808-1855)
Genre hérité de l'Antiquité, l'ode célèbre les
grands événements avec solennité mais aussi les
plaisirs intimes de la vie quotidienne. Remise
en vogue par Ronsard, cette forme lyrique n'a
jamais cessé d'inspirer les poètes français, de
Lamartine à Hugo, de Valéry à Claudel.

# L'Albatros

*Les Fleurs du mal*

Souvent, pour s'amuser, les hommes d'équipage
Prennent des albatros, vastes oiseaux des mers,
Qui suivent, indolents compagnons de voyage,
Le navire glissant sur les gouffres amers.

À peine les ont-ils déposés sur les planches,
Que ces rois de l'azur, maladroits et honteux,
Laissent piteusement leurs grandes ailes blanches,
Comme des avirons traîner à côté d'eux.

Ce voyageur ailé, comme il est gauche et veule !
Lui, naguère si beau, qu'il est comique et laid !
L'un agace son bec avec un brûle-gueule,
L'autre mime, en boitant, l'infirme qui volait !

Le Poète est semblable au prince des nuées
Qui hante la tempête et se rit de l'archer ;
Exilé sur le sol au milieu des huées,
Ses ailes de géant l'empêchent de marcher.

CHARLES BAUDELAIRE (1821-1867)
9 juin 1841 : Baudelaire s'embarque à
Bordeaux sur le paquebot *Mers-du-Sud* qui
part pour l'Océan Indien. Composés sur le
pont du navire, ces quatre quatrains traitent
d'un thème cher à l'écrivain : la solitude
du poète et son douloureux exil au sein de
« la multitude vile ».

# La Mer

*Les Fleurs du mal*

Homme libre, toujours tu chériras la mer !
La mer est ton miroir ; tu contemples ton âme
Dans le déroulement infini de sa lame,
Et ton esprit n'est pas un gouffre moins amer.

Tu te plais à plonger au sein de ton image ;
Tu l'embrasses des yeux et des bras, et ton cœur
Se distrait quelquefois de sa propre rumeur
Au bruit de cette plainte indomptable et sauvage.

Vous êtes tous les deux ténébreux et discrets :
Homme, nul n'a sondé le fond de tes abîmes
Ô mer, nul ne connaît tes richesses intimes,
Tant vous êtes jaloux de garder vos secrets !

Et cependant voilà des siècles innombrables
Que vous vous combattez sans pitié ni remords,
Tellement vous aimez le carnage et la mort,
Ô lutteurs éternels, ô frères implacables !

CHARLES BAUDELAIRE (1821-1867)
Le 20 février 1859, Baudelaire écrit :
« J'ai fait un long poème dédié à Maxime
Du Camp, qui est à faire frémir la nature,
et surtout les amateurs de progrès. »
Au début des *Chants modernes*, Maxime
Du Camp, ami intime de Gustave Flaubert,
déclarait : « Je suis né voyageur » …

# Le Voyage

*Les Fleurs du mal*

[...]

Amer savoir, celui qu'on tire du voyage !
Le monde, monotone et petit, aujourd'hui,
Hier, demain, toujours, nous fait voir notre
    image :
Une oasis d'horreur dans un désert d'ennui !

Faut-il partir ? rester ? Si tu peux rester, reste,
Pars, s'il le faut. L'un court, et l'autre se tapit
Pour tromper l'ennemi vigilant et funeste,
Le Temps ! il est, hélas, des coureurs sans répit,

Comme le Juif errant, et comme les apôtres,
À qui rien ne suffit, ni wagon ni vaisseau,
Pour fuir ce rétiaire infâme ; il en est d'autres
Qui savent le tuer sans quitter leur berceau.

Lorsque enfin il mettra le pied sur notre échine,
Nous pourrons espérer et crier : En avant !
De même qu'autrefois nous partions pour la
    Chine,
Les yeux fixés au large et les cheveux au vent,

Nous nous embarquerons sur la mer des Ténèbres
Avec le cœur joyeux d'un jeune passager.
Entendez-vous ces voix, charmantes et funèbres,
Qui chantent : « Par ici ! vous qui voulez manger

Le lotus parfumé ! c'est ici qu'on vendange
Les fruits miraculeux dont votre cœur a faim ;
Venez vous enivrer de la douceur étrange
De cette après-midi qui n'a jamais de fin. »

À l'accent familier nous devinons le spectre,
Nos Pylades là-bas tendent leurs bras vers nous.
« Pour rafraîchir ton cœur nage vers ton Électre ! »
Dit celle dont jadis nous baisions les genoux.

Ô Mort, vieux capitaine, il est temps ! levons
   l'ancre !
Ce pays nous ennuie, ô Mort ! Appareillons !
Si le ciel et la mer  sont noirs comme de l'encre,
Nos cœurs que tu connais sont remplis de rayons !

Verse-nous ton poison pour qu'il nous réconforte !
Nous voulons, tant ce feu nous brûle le cerveau,
Plonger au fond du gouffre, Enfer ou Ciel,
   qu'importe ?
Au fond de l'Inconnu pour trouver du nouveau !

CHARLES BAUDELAIRE (1821-1867)
« Ne rien savoir, ne rien enseigner, ne rien vouloir,
ne rien sentir, dormir et encore dormir, tel est
aujourd'hui mon unique vœu. Vœu infâme
et dégoûtant, mais sincère. »
(Baudelaire, projet de préface aux *Fleurs du mal*)

# Recueillement

*Les Fleurs du mal*

Sois sage, ô ma Douleur, et tiens-toi plus
    tranquille.
Tu réclamais le Soir ; il descend ; le voici :
Une atmosphère obscure enveloppe la ville,
Aux uns portant la paix, aux autres le souci.

Pendant que des mortels la multitude vile,
Sous le fouet du Plaisir, ce bourreau sans merci,
Va cueillir des remords dans la fête servile,
Ma Douleur, donne-moi la main ; viens par ici,

Loin d'eux. Vois se pencher les défuntes Années,
Sur les balcons du ciel, en robes surannées ;
Surgir du fond des eaux le Regret souriant ;

Le Soleil moribond s'endormir sous une arche,
Et, comme un long linceul traînant à l'Orient,
Entends, ma chère, entends la douce nuit qui
    marche.

CHARLES BAUDELAIRE (1821-1867)
Cri de douleur d'un solitaire, *Recueillement*
a de sombres résonances autobiographiques.
Le 6 mai 1861, Baudelaire écrit à sa mère :
« Je suis seul, sans amis, sans maîtresse,
sans chien et sans chat à qui me plaindre. »

# Spleen

*Les Fleurs du mal*

Quand le ciel bas et lourd pèse comme un couvercle
Sur l'esprit gémissant en proie aux longs ennuis,
Et que de l'horizon embrassant tout le cercle
Il nous verse un jour noir plus triste que les nuits ;

Quand la terre est changée en un cachot humide,
Où l'Espérance, comme une chauve-souris,
S'en va battant les murs de son aile timide
Et se cognant la tête à des plafonds pourris ;

Quand la pluie étalant ses immenses traînées
D'une vaste prison imite les barreaux,
Et qu'un peuple muet d'infâmes araignées
Vient tendre ses filets au fond de nos cerveaux,

Des cloches tout à coup sautent avec furie
Et lancent vers le ciel un affreux hurlement,
Ainsi que des esprits errants et sans patrie
Qui se mettent à geindre opiniâtrement.

Et de longs corbillards, sans tambours ni musique,
Défilent lentement dans mon âme ; l'Espoir,
Vaincu, pleure, et l'Angoisse atroce, despotique,
Sur mon crâne incliné plante son drapeau noir.

CHARLES BAUDELAIRE (1821-1867)
« Que faites-vous ? Vous marchez. Vous allez en
avant. Vous dotez le ciel de l'art d'on ne sait quel
rayon macabre. Vous créez un frisson nouveau. »
(Victor Hugo, Lettre à Baudelaire, 6 octobre 1859)

# Les Chats

*Les Fleurs du mal*

Les amoureux fervents et les savants austères
Aiment également, dans leur mûre saison,
Les chats puissants et doux, orgueil de la maison,
Qui comme eux sont frileux et comme eux
    sédentaires.

Amis de la science et de la volupté
Ils cherchent le silence et l'horreur des ténèbres ;
L'Érèbe les eût pris pour ses coursiers funèbres,
S'ils pouvaient au servage incliner leur fierté.

Ils prennent en songeant les nobles attitudes
Des grands sphinx allongés au fond des solitudes,
Qui semblent s'endormir dans un rêve sans fin ;

Leurs reins féconds sont pleins d'étincelles
    magiques
Et des parcelles d'or, ainsi qu'un sable fin,
Etoilent vaguement leurs prunelles mystiques.

CHARLES BAUDELAIRE (1821-1867)
Symphonie savante de sensations multiples,
la poésie de Baudelaire exprime, dans des
formes rigoureuses et exigeantes, un univers
délétère où s'affrontent fascination du mal
et culte de la beauté.

# Les Conquérants

*Les Trophées*


Comme un vol de gerfauts hors du charnier natal,
Fatigués de porter leurs misères hautaines,
De Palos de Moguer, routiers et capitaines
Partaient, ivres d'un rêve héroïque et brutal.

Ils allaient conquérir le fabuleux métal
Que Cipango mûrit dans ses mines lointaines,
Et les vents alizés inclinaient leurs antennes
Aux bords mystérieux du monde occidental.

Chaque soir, espérant des lendemains épiques,
L'azur phosphorescent de la mer des Tropiques
Enchantait leur sommeil d'un mirage doré ;

Ou, penchés à l'avant des blanches caravelles,
Ils regardaient monter en un ciel ignoré
Du fond de l'Océan des étoiles nouvelles.


José-Maria de Heredia (1842-1905)
Le sonnet, sommet de la poésie classique,
se compose de deux quatrains (strophes
de quatre vers) et de deux tercets (strophes
de trois vers). L'ensemble converge en
apothéose vers le dernier vers : la chute.
Heredia, dit-on, travailla dix ans pour
trouver celle de ce sonnet …

# Mon rêve familier

*Poèmes saturniens*

Je fais souvent ce rêve étrange et pénétrant
D'une femme inconnue, et que j'aime, et qui
    m'aime,
Et qui n'est, chaque fois, ni tout à fait la même
Ni tout à fait une autre, et m'aime et me comprend.

Car elle me comprend, et mon cœur, transparent
Pour elle seule, hélas ! cesse d'être un problème
Pour elle seule, et les moiteurs de mon front blême,
Elle seule les sait rafraîchir, en pleurant.

Est-elle brune, blonde ou rousse ? – Je l'ignore.
Son nom ? Je me souviens qu'il est doux et sonore
Comme ceux des aimés que la Vie exila.

Son regard est pareil au regard des statues,
Et, pour sa voix, lointaine, et calme, et grave, elle a
L'inflexion des voix chères qui se sont tues.

PAUL VERLAINE (1844-1896)
« La voix chère qui s'est tue », c'est celle
d'Élisa Moncomble, cousine secrètement
aimée du poète et qui après avoir chanté,
au terme d'un déjeuner familial, s'effondra,
morte, laissant une blessure vive au cœur de
l'époux malheureux de Mathilde Mauté.

# Green

*Romances sans paroles*

Voici des fruits, des fleurs, des feuilles et des
  branches
Et puis voici mon cœur qui ne bat que pour vous.
Ne le déchirez pas avec vos deux mains blanches
Et qu'à vos yeux si beaux l'humble présent soit
  doux.

J'arrive tout couvert encore de rosée
Que le vent du matin vient glacer à mon front.
Souffrez que ma fatigue à vos pieds reposée
Rêve des chers instants qui la délasseront.

Sur votre jeune sein laissez rouler ma tête
Toute sonore encor de vos derniers baisers ;
Laissez-la s'apaiser de la bonne tempête,
Et que je dorme un peu puisque vous reposez.

PAUL VERLAINE (1844-1896)
À la manière des chansons sans paroles
du musicien Mendelssohn, ce poème est une
mélodie de mots. C'est « de la musique avant
toute chose », sommet de la poésie auquel
aspirait l'écrivain.

# Roman

*Poésies*

I
On n'est pas sérieux, quand on a dix-sept ans.
– Un beau soir, foin des bocks et de la limonade,
Des cafés tapageurs aux lustres éclatants !
– On va sous les tilleuls verts de la promenade.

Les tilleuls sentent bon dans les bons soirs de
        juin !
L'air est parfois si doux, qu'on ferme la paupière ;
Le vent chargé de bruits, – la ville n'est pas loin –,
A des parfums de vigne et des parfums de bière...


II
– Voilà qu'on aperçoit un tout petit chiffon
D'azur sombre, encadré d'une petite branche,
Piqué d'une mauvaise étoile, qui se fond
Avec de doux frissons, petite et toute blanche...

Nuit de juin ! Dix-sept ans ! – On se laisse griser.
La sève est du champagne et vous monte à la
        tête...
On divague ; on se sent aux lèvres un baiser
Qui palpite là, comme une petite bête...

## III

Le cœur fou Robinsonne à travers les romans,
– Lorsque, dans la clarté d'un pâle réverbère,
Passe une demoiselle aux petits airs charmants,
Sous l'ombre du faux-col effrayant de son père...

Et, comme elle vous trouve immensément naïf,
Tout en faisant trotter ses petites bottines,
Elle se tourne, alerte et d'un mouvement vif...
– Sur vos lèvres alors meurent les cavatines...

## IV

Vous êtes amoureux. Loué jusqu'au mois d'août.
Vous êtes amoureux. – Vos sonnets La font rire.
Tous vos amis s'en vont, vous êtes mauvais goût.
– Puis l'adorée, un soir, a daigné vous écrire !...

– Ce soir-là, ... – vous rentrez aux cafés éclatants,
Vous demandez des bocks ou de la limonade...
– On n'est pas sérieux, quand on a dix-sept ans
Et qu'on a des tilleuls verts sur la promenade.

ARTHUR RIMBAUD (1854-1891)
À dix-sept ans, Rimbaud a déjà derrière lui une part
importante de son œuvre poétique qu'il rêve de voir
publiée à Paris. Il s'engage dans « l'aventure du voyant »
et rencontre Verlaine en cette même année.

# Le Bateau ivre

*Poésies*

Comme je descendais les Fleuves impassibles,
Je ne me sentis plus guidé par les haleurs :
Des Peaux-Rouges criards les avaient pris pour
    cibles
Les ayant cloués nus aux poteaux de couleurs.

J'étais insoucieux de tous les équipages,
Porteur de blés flamands ou de cotons anglais.
Quand avec mes haleurs ont fini ces tapages
Les Fleuves m'ont laissé descendre où je voulais.

Dans les clapotements furieux des marées
Moi, l'autre hiver, plus sourd que les cerveaux
    d'enfants,
Je courus ! Et les Péninsules démarrées
N'ont pas subi tohu-bohus plus triomphants.

La tempête a béni mes réveils maritimes.
Plus léger qu'un bouchon j'ai dansé sur les flots
Qu'on appelle rouleurs éternels de victimes,
Dix nuits, sans regretter l'œil niais des falots !

Plus douce qu'aux enfants la chair des pommes
    sures,
L'eau verte pénétra ma coque de sapin
Et des taches de vins bleus et des vomissures
Me lava, dispersant gouvernail et grappin.


Et dès lors, je me suis baigné dans le Poème
De la Mer, infusé d'astres, et lactescent,
Dévorant les azurs verts ; où, flottaison blême
Et ravie, un noyé pensif parfois descend ; [...]


Je sais les cieux crevant en éclairs, et les trombes
Et les ressacs et les courants : je sais le soir,
L'Aube exaltée ainsi qu'un peuple de colombes,
Et j'ai vu quelque fois ce que l'homme a cru
    voir ! [...]

ARTHUR RIMBAUD (1854-1891)
Embrasser la totalité de l'univers, se livrer sans mesure à
toutes les formes de vie et traduire cette aventure dans
un langage nouveau, voilà le but à atteindre, quel qu'en
soit le prix, pour le poète-voyant.

# Le Dormeur du val

*Poésies*

C'est un trou de verdure où chante une rivière,
Accrochant follement aux herbes des haillons
D'argent ; où le soleil, de la montagne fière,
Luit : c'est un petit val qui mousse de rayons.

Un soldat jeune, bouche ouverte, tête nue,
Et la nuque baignant dans le frais cresson bleu,
Dort ! il est étendu dans l'herbe, sous la nue,
Pâle dans son lit vert où la lumière pleut.

Les pieds dans les glaïeuls, il dort. Souriant comme
Sourirait un enfant malade, il fait un somme.
Nature, berce-le chaudement : il a froid !

Les parfums ne font pas frissonner sa narine ;
Il dort dans le soleil, la main sur sa poitrine,
Tranquille. Il a deux trous rouges au côté droit.

ARTHUR RIMBAUD (1854-1891)
Octobre 1870 : le jeune Rimbaud est à
Douai. Après avoir vainement tenté de se
faire engager comme journaliste, il regagne
Charleville à la demande de sa mère et
assiste au bombardement de la ville.

# Le Vase brisé

*La Vie intérieure*

Le vase où meurt cette verveine
D'un coup d'éventail fut fêlé ;
Le coup dut l'effleurer à peine,
Aucun bruit ne l'a révélé.

Mais la légère meurtrissure,
Mordant le cristal chaque jour,
D'une marche invisible et sûre
En a fait lentement le tour.

Son eau fraîche a fui goutte à goutte,
Le suc des fleurs s'est épuisé ;
Personne encore ne s'en doute,
N'y touchez pas, il est brisé.

Souvent aussi la main qu'on aime
Effleurant le cœur, le meurtrit ;
Puis le cœur se fend de lui-même,
La fleur de son amour périt ;

Toujours intact aux yeux du monde,
Il sent croître et pleurer tout bas
Sa blessure fine et profonde :
Il est brisé, n'y touchez pas.

SULLY PRUDHOMME (1839-1907)
Souvent rattachée au mouvement parnassien, l'œuvre de
Sully Prudhomme tente de réunir la poésie et la science
en vouant un véritable culte à la forme. L'auteur du
recueil *Les Vaines Tendresses* fut ingénieur au Creusot.

# Nuit de neige

*Des vers*


La grande plaine est blanche, immobile et sans
 voix.
Pas un bruit, pas un son ; toute vie est éteinte.
Mais on entend parfois, comme une morne
 plainte,
Quelque chien sans abri qui hurle au coin d'un
 bois.

Plus de chansons dans l'air, sous nos pieds plus
 de chaumes.
L'hiver s'est abattu sur toute floraison.
Des arbres dépouillés dressent à l'horizon
Leurs squelettes blanchis ainsi que des fantômes.

La lune est large et pâle et semble se hâter.
On dirait qu'elle a froid dans le grand ciel austère.
De son morne regard elle parcourt la terre,
Et, voyant tout désert, s'empresse à nous quitter.

Et froids tombent sur nous les rayons qu'elle
 darde,
Fantastiques lueurs qu'elle s'en va semant ;
Et la neige s'éclaire au loin, sinistrement,
Aux étranges reflets de la clarté blafarde.

Oh ! la terrible nuit pour les petits oiseaux !
Un vent glacé frissonne et court par les allées.
Eux, n'ayant plus l'asile ombragé des berceaux,
Ne peuvent pas dormir sur leurs pattes gelées.

Dans les grands arbres nus que couvre le verglas
Ils sont là, tout tremblants, sans rien qui les
    protège ;
De leur œil inquiet ils regardent la neige,
Attendant jusqu'au jour la nuit qui ne vient pas.

GUY DE MAUPASSANT (1850-1893)
Son unique œuvre poétique, le recueil *Des vers*,
appartient à une époque jugée sévèrement
par l'écrivain : « Pendant sept ans, je fis des vers, je fis
des contes, je fis même un drame détestable. »

# Brise marine

*Poésies*

La chair est triste, hélas ! et j'ai lu tous les livres.
Fuir ! là-bas fuir ! Je sens que des oiseaux sont ivres
D'être parmi l'écume inconnue et les cieux !
Rien, ni les vieux jardins reflétés par les yeux
Ne retiendra ce cœur qui dans la mer se trempe
Ô nuits ! ni la clarté déserte de ma lampe
Sur le vide papier que la blancheur défend
Et ni la jeune femme allaitant son enfant.
Je partirai ! Steamer balançant ta mâture,
Lève l'ancre pour une exotique nature !
Un Ennui, désolé par les cruels espoirs,
Croit encore à l'adieu suprême des mouchoirs !
Et, peut-être, les mâts, invitant les orages
Sont-ils de ceux qu'un vent penche sur les
    naufrages
Perdus, sans mâts, sans mâts ni fertiles îlots...
Mais, ô mon cœur, entends le chant des matelots !

STÉPHANE MALLARMÉ (1842-1898)
« Toute chose sacrée, et qui veut demeurer
sacrée, s'enveloppe de mystère. Les religions
se retranchent à l'abri d'arcanes dévoilés au
seul prédestiné : l'art a les siens. »
Stéphane Mallarmé, *Hérésies artistiques :*
*l'Art pour tous*, 1862.

# En Arles

*Contrerimes*

Dans Arles, où sont les Aliscams,
Quand l'ombre est rouge, sous les roses,
Et clair le temps,

Prends garde à la douceur des choses,
Lorsque tu sens battre sans cause
Ton cœur trop lourd ;

Et que se taisent les colombes :
Parle tout bas, si c'est d'amour,
Au bord des tombes.

PAUL-JEAN TOULET (1867-1920)
Rejetant les inconstances du cœur et les
épanchements lyriques, la poésie de Paul-Jean
Toulet cultive une ironie douce-amère
mais brillante qui fit du poète le chef de file
de l'École fantaisiste, née en 1912.

# La Courbe de tes yeux

*Capitale de la douleur*

La courbe de tes yeux fait le tour de mon cœur,
Un rond de danse et de douceur,
Auréole du temps, berceau nocturne et sûr,
Et si je ne sais plus tout ce que j'ai vécu
C'est que tes yeux ne m'ont pas toujours vu.

Feuilles de jour et mousse de rosée,
Roseaux du vent, sourires parfumés,
Ailes couvrant le monde de lumière,
Bateaux chargés du ciel et de la mer,
Chasseurs des bruits et sources des couleurs,

Parfums éclos d'une couvée d'aurores
Qui gît toujours sur la paille des astres,
Comme le jour dépend de l'innocence
Le monde entier dépend de tes yeux purs
Et tout mon sang coule dans leurs regards.

PAUL ÉLUARD (1895-1952)
Poète engagé qui défendit le pacifisme
sa vie durant, écrivain surréaliste,
Paul Éluard est également un grand poète
de l'amour. Il célébra aussi bien les bonheurs
que les souffrances du sentiment amoureux
pour des inspiratrices diverses, mais toujours
avec la même bouleversante ferveur.

# Le Départ

*Le Laboratoire central*

Adieu l'étang et toutes mes colombes
Dans leur tour et qui mirent gentiment
Leur soyeux plumage au col blanc qui bombe
Adieu l'étang.

Adieu maison et ses toitures bleues
Où tant d'amis, dans toutes les saisons,
Pour nous revoir avaient fait quelques lieues,
Adieu maison.

Adieu le linge à la haie en piquants
Près du clocher ! Oh ! que de fois le peins-je
Que tu connais comme t'appartenant
Adieu le linge !

Adieu lambris ! maintes portes vitrées
Sur le parquet miroir si bien verni
Des barreaux blancs et des couleurs diaprées
Adieu lambris !

Adieu vergers, les caveaux et les planches
Et sur l'étang notre bateau voilier
Notre servante avec sa coiffe blanche
Adieu vergers.

Adieu aussi mon fleuve clair ovale,
Adieu montagne ! adieu arbres chéris !
C'est vous tous qui êtes ma capitale
Et mon Paris.

Max Jacob (1876-1944)
En 1921, Max Jacob publie *Le Laboratoire central* et entre à
l'abbaye de Saint-Benoît-sur-Loire. Il y restera sept ans puis
s'y retire définitivement en 1931. Arrêté par la Gestapo
en 1944, il meurt au camp de Drancy la même année.

# Le Cimetière marin

*Poésies*

Ce toit tranquille, où marchent des colombes,
Entre les pins palpite, entre les tombes ;
Midi le juste y compose de feux
La mer, la mer, toujours recommencée !
Ô récompense après une pensée
Qu'un long regard sur le calme des dieux !

Quel pur travail de fins éclairs consume
Maint diamant d'imperceptible écume,
Et quelle paix semble se concevoir !
Quand sur l'abîme un soleil se repose,
Ouvrages purs d'une éternelle cause,
Le Temps scintille et le Songe est savoir.

Stable trésor, temple simple à Minerve,
Masse de calme, et visible réserve,
Eau sourcilleuse, œil qui gardes en toi
Tant de sommeil sous un voile de flamme,
Ô mon silence ! … Édifice dans l'âme,
Mais comble d'or aux mille tuiles, Toit !

Temple du Temps, qu'un seul soupir résume,
À ce point pur je monte et m'accoutume,
Tout entouré de mon regard marin ;

Et comme aux dieux mon offrande suprême,
La scintillation sereine sème
Sur l'altitude un dédain souverain. [...]

PAUL VALÉRY (1871-1945)
Ce cimetière marin est celui de Sète, la ville natale
de l'écrivain. Valéry livre ici une ample méditation
sur la vie et la mort, dans le droit fil de l'épigraphe du
poète grec Pindare : « Ô mon âme, n'aspire pas à la vie
immortelle mais épuise le champ du possible. »

# La Rose et le Réséda

*La Diane française*

Celui qui croyait au ciel
Celui qui n'y croyait pas
Tous deux adoraient la belle
Prisonnière des soldats
Lequel montait à l'échelle
Et lequel guettait en bas
Celui qui croyait au ciel
Celui qui n'y croyait pas
Qu'importe comment s'appelle
Cette clarté sur leurs pas
Que l'un fût de la chapelle
Et l'autre s'y dérobât
Celui qui croyait au ciel
Celui qui n'y croyait pas
Tous les deux étaient fidèles
Des lèvres du cœur des bras
Et tous les deux disaient qu'elle
Vive et qui vivra verra
Celui qui croyait au ciel
Celui qui n'y croyait pas
Quand les blés sont sous la grêle
Fou qui fait le délicat
Fou qui songe à ses querelles
Au cœur du commun combat

Celui qui croyait au ciel
Celui qui n'y croyait pas
Du haut de la citadelle
La sentinelle tira
Par deux fois et l'un chancelle
L'autre tombe Qui mourra
Celui qui croyait au ciel
Celui qui n'y croyait pas
Ils sont en prison Lequel
A le plus triste grabat
Lequel plus que l'autre gèle
Lequel préfère les rats
Celui qui croyait au ciel
Celui qui n'y croyait pas
Un rebelle est un rebelle
Deux sanglots font un seul glas
Et quand vient l'aube cruelle
Passent de vie à trépas
Celui qui croyait au ciel
Celui qui n'y croyait pas
Répétant le nom de celle
Qu'aucun des deux ne trompa
Et leur sang rouge ruisselle
Même couleur même éclat

Celui qui croyait au ciel
Celui qui n'y croyait pas
Il coule il coule il se mêle
À la terre qu'il aima
Pour qu'à la saison nouvelle
Mûrisse un raisin muscat

Celui qui croyait au ciel
Celui qui n'y croyait pas
L'un court et l'autre a des ailes
De Bretagne ou du Jura
Et framboise ou mirabelle
Le grillon rechantera
Dites flûte ou violoncelle
Le double amour qui brûla
L'alouette et l'hirondelle
La rose et le réséda

Louis Aragon (1897-1982)
Les mémoires de quatre résistants
– deux communistes et deux chrétiens,
assassinés par les nazis – sont associées
dans ce poème, en hommage à leur
« commun combat ».

# Liberté

*Au rendez-vous allemand*


Sur mes cahiers d'écolier
Sur mon pupitre et les arbres
Sur le sable sur la neige
J'écris ton nom

Sur toutes les pages lues
Sur toutes les pages blanches
Pierre sang papier ou cendre
J'écris ton nom

Sur les images dorées
Sur les armes des guerriers
Sur la couronne des rois
J'écris ton nom

Sur la jungle et le désert
Sur les nids sur les genêts
Sur l'écho de mon enfance
J'écris ton nom

Sur les merveilles des nuits
Sur le pain blanc des journées
Sur les saisons fiancées
J'écris ton nom

Sur tous mes chiffons d'azur
Sur l'étang soleil moisi
Sur le lac lune vivante
J'écris ton nom

Sur les champs sur l'horizon
Sur les ailes des oiseaux
Et sur le moulin des ombres
J'écris ton nom
[...]

Et par le pouvoir d'un mot
Je recommence ma vie
Je suis né pour te connaître
Pour te nommer
LIBERTÉ

PAUL ÉLUARD (1895-1952)
Témoin fraternel de la souffrance des combattants
de la Grande Guerre, poète engagé dans la Résistance, Paul Éluard signa cet hymne à la liberté aux
heures les plus sombres de l'occupation nazie.

# Remerciements

L'éditeur remercie les enfants qui ont participé
à l'ouvrage, en proposant leur version en images
et en rêves des poèmes :

Lou Delpech (p. 24 et 154)

Melchior Delpech (p. 19 et 130)

Bianca Grasset (p. 37 et 101)

Merlin Grasset (p. 89)

Anna Lauprêtre (p. 49 et 81)

Hugo Ozil (p. 169)

Eloi Rativet (p. 17)

Jeanne Rativet (p. 121, 156 et 181)

Bastien Tonneau (p. 18)

Rafaël Tonneau (p. 25)

# Sources et copyrights

Charles d'Orléans, *Hiver*, extrait de *Rondeaux*.

Clément Marot, *Dedans Paris*, ville jolie extrait de *L'Adolescence clémentine*.

Joachim du Bellay, *Heureux qui, comme Ulysse…*, extrait de *Les Regrets*.

Pierre Corneille, *Les Stances du Cid*, extrait de *Le Cid* (acte I, scène 6).

Pierre Corneille, *Rome, l'unique objet de mon ressentiment*, extrait de *Horace* (acte IV, scène 5).

Jean de La Fontaine, *La Laitière et le Pot au lait*, extrait de *Fables*.

Jean de La Fontaine, *Le Chêne et le Roseau*, extrait de *Fables*.

Jean de La Fontaine, *Le Loup et l'Agneau*, extrait de *Fables*.

Jean de La Fontaine, *Les Deux Pigeons*, extrait de *Fables*.

Victor Hugo, *Demain, dès l'aube*, extrait de *Les Contemplations*.

Victor Hugo, *Le Semeur*, extrait de *Les Chansons des rues et des bois*.

Victor Hugo, *La Conscience*, extrait de *La Légende des siècles*.

Victor Hugo, *Bon appétit, messieurs !*, extrait de *Ruy Blas* (acte III, scène 2).

Victor Hugo, *Après la bataille*, extrait de *La Légende des siècles*.

Alfred de Musset, *Venise*, extrait de *Contes d'Espagne et d'Italie*.

Théophile Gautier, *Carnaval*, extrait de *Émaux et camées*.

Théophile Gautier, *Paysage*, extrait de *Premières poésies*.

Paul Verlaine, *Il pleure dans mon cœur…*, extrait de *Romances sans paroles*.

Paul Verlaine, *Le ciel est par-dessus le toit*, extrait de *Sagesse*.

Paul Verlaine, *L'Hiver dans la plaine*, extrait de *Romances sans paroles*.

Paul Verlaine, *Chanson d'automne*, extrait de *Poèmes saturniens*.

Paul Verlaine, *Je suis venu, calme orphelin*, extrait de *Sagesse*.

Arthur Rimbaud, *Voyelles*, extrait de *Poésies*.

Arthur Rimbaud, *Ma bohème*, extrait de *Poésies*.

Émile Verhaeren, *Le Chaland*, extrait de *Toute la Flandre*.

Edmond Rostand, *La tirade des nez*, extrait de *Cyrano de Bergerac* (acte I, scène 4).

Guillaume Apollinaire, *Saltimbanques*, extrait de *Alcools*. © Gallimard.

Guillaume Apollinaire, *Automne*, extrait de *Alcools*. © Gallimard.

Guillaume Apollinaire, *Mai*, extrait de *Alcools*. © Gallimard.

Guillaume Apollinaire, *Les Colchiques*, extrait de *Alcools*. © Gallimard.

Guillaume Apollinaire, *Les Sapins*, extrait de *Alcools*. © Gallimard.

Guillaume Apollinaire, *Le Pont Mirabeau*, extrait de *Alcools*. © Gallimard.

Rutebeuf, *Que sont mes amis devenus…*, extrait de *La Complainte de Rutebeuf*.

François Villon, *Ballade des dames du temps jadis*, extrait de *Le Testament*.

François Villon, *La Ballade des pendus*.

Pierre de Ronsard, *Je vous envoie un bouquet…*, extrait de *Continuation des amours*.

Pierre de Ronsard, *Mignonne, allons voir si la rose…*, extrait de *Odes*.

Pierre de Ronsard, *Quand vous serez bien vieille…*, extrait de *Sonnets pour Hélène*.

François de Malherbe, *Consolation à M. Du Périer sur la mort de sa fille*.

Molière, *Tartuffe à Elmire*, extrait de *Le Tartuffe* (acte III, scène 3).

Molière, *Dom Juan, à son valet Sganarelle*, extrait de *Dom Juan* (acte I, scène 2).

**Molière**, *Tirade d'Harpagon*, extrait de *L'Avare* (acte IV, scène 7).

**Molière**, *... de fuir dans un désert l'approche des humains*, extrait de *Le Misanthrope* (acte I, scène 1).

**Jean Racine**, *Andromaque à Hermione*, extrait de *Andromaque* (acte III, scène 4).

**Jean Racine**, *Phèdre, à sa nourrice Œnone*, extrait de *Phèdre* (acte I, scène 3).

**André Chénier**, *La Jeune Captive*, extrait de *Odes*.

**Alphonse de Lamartine**, *Le Vallon*, extrait de *Méditations poétiques*.

**Alphonse de Lamartine**, *Milly ou la Terre natale*, extrait de *Harmonies poétiques et religieuses*.

**Alfred de Vigny**, *La Mort du loup*, extrait de *Les Destinées*.

**Alfred de Vigny**, *Le Cor*, extrait de *Poèmes antiques et modernes*.

**Alfred de Vigny**, *La Maison du berger*, extrait de *Les Destinées*.

**Alfred de Musset**, *Le Pélican*, extrait de *La Nuit de mai*.

**Gérard de Nerval**, *El Desdichado*, extrait de *Les Chimères*.

**Gérard de Nerval**, *Fantaisie*, extrait de *Odelettes*.

**Charles Baudelaire**, *L'Albatros*, extrait de *Les Fleurs du mal*.

**Charles Baudelaire**, *La Mer*, extrait de *Les Fleurs du mal*.

**Charles Baudelaire**, *Le Voyage*, extrait de *Les Fleurs du mal*.

**Charles Baudelaire**, *Recueillement*, extrait de *Les Fleurs du mal*.

**Charles Baudelaire**, *Spleen*, extrait de *Les Fleurs du mal*.

**Charles Baudelaire**, *Les Chats*, extrait de *Les Fleurs du mal*.

**José-Maria de Heredia**, *Les Conquérants*, extrait de *Les Trophées*.

**Paul Verlaine**, *Mon rêve familier*, extrait de *Poèmes saturniens*.

**Paul Verlaine**, *Green*, extrait de *Romances sans paroles*.

**Arthur Rimbaud**, *Roman*, extrait de *Poésies*.

**Arthur Rimbaud**, *Le Dormeur du val*, extrait de *Poésies*.

**Arthur Rimbaud**, *Le Bateau ivre*, extrait de *Poésies*.

**Sully Prudhomme**, *Le Vase brisé*, extrait de *La Vie intérieure*.

**Stéphane Mallarmé**, *Brise marine*, extrait de *Poésies*.

**Guy de Maupassant**, *Nuit de neige*, extrait de *Des vers*.

**Paul-Jean Toulet**, *En Arles*, extrait de *Contrerimes*. © Gallimard.

**Max Jacob**, *Le Départ*, extrait de *Le Laboratoire central*. © Gallimard.

**Paul Valéry**, *Le Cimetière marin*, extrait de *Poésies*. © Gallimard.

**Paul Éluard**, *La Courbe de tes yeux...*, extrait de *Capitale de la douleur*. © Gallimard.

**Louis Aragon**, *La Rose et le Réséda*, extrait de *La Diane française*. © Seghers.

**Paul Éluard**, *Liberté*, extrait de *Au rendez-vous allemand*. © Les Éditions de Minuit.

# Table

RÉALISATION : IGS-CP À L'ISLE-D'ESPAGNAC
IMPRESSION : IME À BAUME-LES-DAMES
DÉPÔT LÉGAL : OCTOBRE 2011. N°105638-2
*Imprimé en France*